中国当代文学名家精品集

仕黄河东津渡

韩小蕙 著

成都地图出版社
CHENGDU DITU CHUBANSHE

图书在版编目（CIP）数据

在黄河东津渡 / 韩小蕙著. -- 成都：成都地图出版社有限公司, 2025.3. --（中国当代文学名家精品集）.
ISBN 978-7-5557-2682-1

Ⅰ.I267

中国国家版本馆 CIP 数据核字第 2024QJ6033 号

中国当代文学名家精品集：在黄河东津渡
ZHONGGUO DANGDAI WENXUE MINGJIA JINGPIN JI: ZAI HUANGHE DONGJINDU

著　　者：	韩小蕙
责任编辑：	陈　红
特约编辑：	胡玉枝
封面设计：	李　超

出版发行：成都地图出版社有限公司
地　　址：四川省成都市龙泉驿区建设路 2 号
邮政编码：610100

印　　刷：三河市人民印务有限公司
（如发现印装质量问题，影响阅读，请与印刷厂商联系调换）

开　本：	710mm×1000mm　1/16		
印　张：	13	字　数：	200 千字
版　次：	2025 年 3 月第 1 版		
印　次：	2025 年 3 月第 1 次印刷		
书　号：	ISBN 978-7-5557-2682-1		
定　价：	68.00 元		

版权所有，翻印必究

《中国当代文学名家精品集》
编 委 会

主 编　王子君

副主编　沈俊峰　陈　晨

编 委（按姓氏音序排列）

　　　　陈长吟　陈　晨　韩小蕙　李青松

　　　　聂虹影　孙　郁　沈俊峰　王必胜

　　　　王子君　徐　迅　朱　鸿

出版说明

2023年春，教育部等八部门印发《全国青少年学生读书行动实施方案》。随后，122家国家语言文字推广基地共同发出"典耀中华"主题读书行动倡议。一些具有文化情怀的出版社和文化公司，立即响应，策划各种适合青少年阅读的图书，《中国当代文学名家精品集》书系应运而生。

《中国当代文学名家精品集》书系由北京世图文轩文化发展有限公司（下称"世图文轩"）策划，由成都地图出版社出版。我非常荣幸地受邀担任主编。

世图文轩成立于2010年，系北京市内乃至全国较有影响力的图书发行公司之一，曾获得"重合同守信用企业""诚信经营示范单位"等荣誉称号。长期以来，世图文轩和众多出版社就优质图书出版进行合作，获得了合作伙伴的一致好评。在"典耀中华"主题读书行动中，他们敏锐地抓住机遇，迅速策划主要以初、高中生为读者对象的大型书系选题，显现出他们的眼光、魄力与胸怀，以及对于文化市场的拓展理想。我相信，这样一家致力于图书策划、出版的公司，其品牌信誉是毋庸置疑的。

为成长中的青少年读者集中呈现名家优秀作品，是一件虽然困难，却功在当代、利在未来的大好事，我能参与其中，与有荣焉。我必须以一种高度的使命感、责任感以及担当精神来做好这个书系，成就这件大好事。

令人特别感动的是，刚开始组稿时，刘成章、王宗仁、陈慧瑛、韩小蕙、王剑冰、李青松、沈念等老师就对这个书系表现出极大的支持和信任，并在第一时间提供了书稿以示鼓励。很快，几乎所有得知此书系的作家都认为这是在为作家、为"典耀中华"主题读书行动做一件好事、大事。由此，我和我的临时编辑室成员获得了极大的信心，热情也更加高涨，此后连续十个月，我们整个身心都扑在了这件事上。

一个人只要用心做事，人们是会感受到的，也会默默地予以支持。事实上也是如此。随着组稿工作的开展，我们和作家们的沟通日益频繁，我们发现，他们除了都表现出对这个书系的兴趣与认可，对当代散文创作的发展、繁荣的前景，还有一种共同的期待与信心。这对我们无疑是一种更为巨大的鼓舞与动力。

组稿虽然也费了不少周折，但总体上比想象中顺利得多。当然，非常遗憾的是，一部分作者由于手头书稿版权等原因，未能加盟到这个书系。

组稿只是我们工作的一部分，更为具体、更为烦琐的，是审稿事务，它出乎意料的繁重，也占据了我们比预想的多得多的时间和精力。偶尔，我们也有点儿想放弃了，但是，想着这是一件功德无量的事，又兀自笑笑，继续埋头苦干。在这个过程中，感谢师友们对我们工作的配合、理解、支持与信任。

静下心来，切实感受审读、编辑工作的价值和意义。

书系里，名家荟萃，佳作如林。有的，曾代表过一种新的创作范式；有的，曾开启过一种创作方向；有的，对某一题材开掘出更深更独特的思想；有的，有引领某类题材与风格的新面貌；等等。毫不夸张地说，散文多角度多样式的表达，在这个书系里应有尽有，全景式、全方位地呈现出中国散文几十年的创作成果，是当代散文创作的一个缩影。

总体上，无论是题材、创作方法，还是思想容量，此书系都呈现了散文广阔的视野,让我们感受到散文天地的无垠无际。

具体来说,以下几个特点特别明显:

一、作者队伍可谓老中青完美结合。入选作者的年龄跨度最大达半个多世纪,上有鲐背之年的高龄名将,他们文学生命之树长青,宝刀不老,象征着老一辈散文家依然苍翠的文学生命力;最年轻的三十出头,他们雏凤声高,彰显散文创作的新生力量蓬勃兴旺的景象;一大批中壮年作家,是当代散文创作领域里当之无愧的中坚基石,他们的创作正处于繁花似锦的鼎盛时期,实力毕现。

二、题材多元多样,内容丰富多彩。书系中,既有涉及上下五千年历史的洒脱智慧的历史文化散文,又有让人惊艳的初次涉猎的新颖、独特题材。有人写亲情,有人写风景。有些人写自己的童年,让我们看到其成长时代;有些人写一个城市或一条河流的前世今生;有些人写自己对故乡的记忆,从更有新意的视角表现这个时代的巨变;有些人集中了自己几十年的写作精品,让我们看到他们的创作道路上的足迹;有些人专注于一个主题,开掘深挖,独具魅力;有些人关注时代、关注身边的人和事;有些人剖析自己的内心情感……总之,反映中华传统文化、红色文化和当代自然文学精粹的作品,在此书系里比比皆是,或温暖动人,或鼓舞人心。

三、风格百花齐放,个性特点鲜明。几十部作品,有的侧重写实,有的侧重抒情,有的注重开掘思想,有的追求内容唯美,有的描写细致入微,有的叙述天马行空……表现方式千姿百态。但无论哪种风格,无论如何表达,皆个性鲜明,情感饱满,呈现出思想性、艺术性、可读性兼备的特质,读者可以从中获得不同程度的启发,感受到散文的魅力。

四、女性作者跳出了人们对"女性散文"固有的观念。书系中占有一定比例的女性作者,她们的作品虽然仍保留细腻敏感的特色,但大都呈现出大气开阔、通透有力的格局。她们温柔而现代的行文表达,对读者来说有着更为别致的情感体验和人生借鉴意义。

　　总之，这个书系，将是我们打造阅读品牌的开端。如果你愿意静下心来阅读，你一定会有所收获。

　　习近平总书记在文艺工作座谈会上讲话时指出："优秀文艺作品反映着一个国家、一个民族的文化创造能力和水平。吸引、引导、启迪人们必须有好的作品，推动中华文化走出去也必须有好的作品。"我们希望，这个书系能成为读者眼里"正能量、有感染力，能够温润心灵、启迪心智，传得开、留得下，为人民群众所喜爱"的"优秀作品"。

　　在此，特别感谢沈俊峰、陈晨两位搭档的通力协作，我的编辑朋友梁芳、胡玉枝的倾力相助，以及世图文轩、成都地图出版社上上下下推进此书系出版的所有领导与师友的大力支持和耐心细致的工作。他们让我感受到了团队的力量。同时，也特别感谢出版方将我和我的搭档的作品纳入此书系，我们把此举视为对我们的"嘉奖"。

　　上述文字，不敢称"序"，不敢称"前言"，甚至不敢称"出版说明"，仅表达此书系的缘起和一些组稿、审读的感受，也许过于肤浅，还望广大作者、读者海涵。

《中国当代文学名家精品集》主编

目录

辑一 缤纷紫

在黄河东津渡 / 3
我的老师们 / 8
有话对你说 / 17
岳莘享堂、三碗清水及其他 / 25
小村即景 / 32
仰慕天柱山 / 35
宜兴有好女 / 37

辑二 冥想蓝

伟大的文学和伟大的数学 / 51
一个记者是怎样炼成的 / 71
"80后"蜜蜂宣言 / 84
识脸与识心 / 92

辑三 热烈红

大"丰"起兮
　　——北京南中轴线上的交响 / 101

青春做伴在异乡
　　——在泰国的国际汉语教师中国志愿者群体 / 112
柔软的金丝猴 / 128
原来武夷也姓"赣" / 137
澳门的心 / 150
醉营盘 / 158

辑四　温情黄

一千三百多年的回响
　　——说初唐侍御史王义方 / 171
江万里与白鹭洲 / 182
我心目中的文坛大树
　　——李国文老师周年祭 / 187
怀念，也是不能忘记的
　　——张洁魂兮归来 / 192

辑一　缤纷紫

在黄河东津渡

一

风疾浪高，黄涛怒卷。此番到东营市，在黄河入海口古老的东津渡，我看到了咆哮的黄河。

本来我们正行驶在一条前无车辆，后亦无车辆的公路上。公路崭新，光滑得如同一块蜿蜒的玻璃板，伸向无垠的天边。车窗外，右手边是低下去丈高的绿野，茁壮着大片大片即将丰收的玉米，一眼望不到边；左手边低下处则是浓密得遮住了阳光的行道树，季节正好，每片叶子都绿得像一幅油画，神采飞扬地展示着北国初秋那敞亮无邪的坦荡。

我随口夸了一句"这公路真漂亮啊"，马上即有人纠正说"这不是公路，咱们这是行驶在黄河大堤上呢"。愕然，还没回过神来，突然间，没一点儿思想准备，咆哮的黄河就出现在眼前！

但见浓重的、土黄色的排浪，就像列队方阵的士兵一样，一排紧接着一排，一个紧挨着一个，排排涌涌，密密匝匝，脚尖踢着脚后跟，急急忙忙地向前滚动着，一个劲儿地往前抢，向前冲，仿佛去抢占生命攸关的阵地。一边冲锋，一边还在呐喊，射击，有时候不小心跌倒了，打一个旋儿，抹一把血，随即立刻急骤快跑跟上队伍，继续怒吼，继续咆哮，继续冲锋，奔腾着向前，向前！有时候碰到了什么障碍物，"哗"地炸起一大团浪花，发出一声撕天裂地的吼叫，然后顾不上回头看一眼，就又边打边冲，向前，向前！不由人不联想起草原上掠过的马队，踢踢腾腾，一溜烟就不见了踪影。

别说我这远方来客没见过这阵势，就是当地的作家们，也在发出一声声惊呼：

"今天的黄河怎么了？"

"它怎么是这样子的！"

"它想干什么呀？"

对，完全是野马脱缰，而且是一群，又一群；是前赴后继，就像要战死沙场似的，那疯狂劲儿，真让人目瞪口呆。此前，我曾在刘家峡看过清澈翠玉、湜湜静水的黄河；在万家灯火的兰州城里，看过宽阔雄壮的大场面黄河；在天造地设的壶口，看过慷慨激昂的瀑布黄河……但近多年来，一直有声音在嚷嚷："黄河断流了""黄河没水了"，所以给我的印象，黄河已是极度衰弱了，没有了精气神儿，行路已踽踽，全然失去了出发时那冲天烈火般的激情。特别是行将入海的黄河，应该更是温厚，从容，恬淡，怡然，心态平和，步履缓慢……然而，然而，真是万万没想到，依然是大河东去，壮怀激烈的奔马群！

二

两千年前的公元 11 年，这群奔马来过一次，可惜那是一群狂乱的野马，东奔西突，左冲右撞，致使千里沃野一忽儿就变了色，高山为岸，深谷为陵，等它们发够了飙，已经过去了 59 个春夏秋冬。有一位叫王景的好官站出来治黄，率百姓修筑了千里长堤，将害水束缚，东引至今天利津城南的千乘河口，算是写下了一篇"人能胜天"的佳作。无数流民投奔而来，在黄河泥沙托举出来的冲积平原上，面朝黄土背朝天，筚路蓝缕，开垦家园，吃下了难以形容的大苦，洒下了无比悲辛的血汗，父辈交付子孙，一代承接一代，终于让春华秋实落了地，争来了"千年安流"的光耀，在一片哀鸿遍野的黄泛地之上，建起了一派安居乐业的古代黄河三角洲。

千舟竞发，百舸争流，我们都在影视剧里见过这样轰轰烈烈的大场面，不过那多是战船挺进，枭雄争霸，你打我杀，血染波涛，让人掩面不忍看。而在利津这片驯服了残暴野马的三角洲上，则皆是和平往来的商船，且几乎百分之百是盐船。自传说中的姜太公煮海熬波肇始，历经两千多年，东津渡丰富的盐业资源，吸引着一代又一代闯海人，制盐技术的不断变革，又不断提升着这里盐业为代表的经济腾飞。明代的利津已是繁盛的盐区，共有永阜、丰国、宁海三大盐场。康熙十六年（1677年）将三大盐场合并为永阜场，东西跨度130里，内设仁、义、礼、智、信五处盐坨，共有滩池446副，分列大清河两岸。清人刘学渤在《北海赋》中曾以"滩池弥望，星罗棋布，漉沙构白，澄波出素，灿如飞霞，峙如积璐，商市万金，税足国赋"来形容一片隆盛景象，利津盐业的美名，北达京师，南抵江淮，真横，真爽，真霸气！

然而，"天意从来高难问"。正应了不可抗拒的客观规律，历史的前进，从来也无鲜花铺地、雨露接风的笔直。1855年，一群野马又残暴地闯荡来了，不按规矩出牌，不听法律警告，不顾百姓哭嚎，不解东风意愿，只一味蛮野横行，"黄流直下铁门关，水浅泥深解容颜"，沿海的大部分滩池被洗劫一空，"千年安流"的古黄河三角洲毁于一旦，东津渡码头的繁盛不再，黄土地上的丰收不再，千帆竞发的胜景不再，渔浦盐业的福祉不再，一切完败了，曾号称"小天津""小济南"的繁华码头，彻底倒退回芦苇萋萋的蛮荒状态……

三

此番我来到东津渡之前，真是太漫不经心了，没有事先做点功课，也想都没想到黄河还有着另一面。

黄河其实是很难接近的。尤其是它把奔进大海怀抱的入口处，隐藏得很深，很深。我们的汽车开了几个小时，眼睛都看累了，还只是大片大片的白碱地，除了芦苇，还是芦苇，满目皆是秋黄色的苍凉。说是这些芦苇也有用处，可以盖房子、编织坐垫靠垫什么的。可我还是愿意想起前年在青岛海水稻研发基地，看到亿万人尊敬的袁隆平老院士，正争分夺秒率领团队研发海水稻，如果最终取得大面积成功，这大片大片的白碱芦苇地，不就都可以变成造福人间的风水宝地了吗？我祈祷！

黄河的代名词就是"不屈"，就是"刚烈"，就是"奔腾向前"，就是"百折不挠"！抗战初期东津渡一带即掀起抗日救亡运动高潮。1941年夏秋间，八路军山东纵队解放了这块饱受苦难的土地。1944年，利津县全境解放，从此揭开了八路军渤海军区局部反攻的序幕……

我傍着咆哮的黄河，进入了高台村。顾名思义，可知"高台"之意。桀骜不驯的黄河时不时地就会闹上一顿脾气，1855年的大河决之后，洪水肆虐，溃口遍布，一年数决，民不聊生，"九地黄流乱注"也，"人或为鱼鳖"哉！反反复复折腾，过七八年就来一次，直到2013年，暴躁的黄河还又一次放出几匹野马，把高台村（其实叫佟家村）的房屋毁塌了大半。按照利津县委的思路，干脆把堤外的村庄全部搬进堤内吧，万无一失，一下子彻底解决问题。但故土难离，有不少群众情感上割舍不了，谁愿意抛家别舍，背井离乡呢？不愿迁走的乡亲们，就把房地基加高，再加高，用石头垒严实，再严实，并在房屋周围留出低矮的泄洪道。于是，村庄里就又呈现出"春在溪头荠菜花"的祥和景象。

我信步走进一个庄户院子。非常原始的三间大瓦房，中间是堂屋，一个门两个窗户，两边是厢房，我记得自己小时候画的就是这种房子，这是中国北方农村最平凡的房子。不过我在这个庄户院里，还是看到了属于我们这个时代的新元素：一辆蓝色皮卡已经是辆旧车了，上面溅满了泥点子，显然对家庭的贡献不小。还有一辆红色轿车，像旧时王谢堂前的燕子一样，飞入了这个寻常农户家。

四

今年台风频仍。第 17 号台风是一匹叫"利奇马"的野马，从遥远的浙江温岭一路北上，铁蹄踏踏，风嘶雷吼，刚刚掠过此地……

抬望眼，透过日影斑驳的树荫，可隐隐约约看到高高的黄河大堤，像长城一样稳稳地安卧在头顶上，蜿蜒成一条巨龙。侧耳听，隐隐传来黄河的涛声，不过根据距离来推算，也许是错觉，也许是想象。

"黄河之水天上来"，李白真是纵横千古的大才子，这世上再也无人能以简单平凡的七个字，就把黄河如此大气磅礴地勾勒了出来；然而，黄河也的确有着它的千万张面孔和万千种姿势，认准目标不回头，奔腾到海力不休，于排浪中听惊雷，雄震广宇四海愁，这亦是相当震撼的傲世独绝。

2019 年金秋，我来到山东省东营市利津县东津渡，眼巴巴地来看黄河入海，却由于风高浪急，黄水桀骜，而未见到这久已向往的胜景。然而平生第一次见到了咆哮赶海的黄河，也算大开了眼界。

我的老师们

"三人行，必有我师。"

但凡中国人，从小都会背诵孔圣人的这句经典。人类文明几千年，全地球从东方到西方，我不知道还有谁能仅仅用七个字，就把这关涉社会学、人类学、心理学、教育学、文学、史学、哲学……的公理，如此深刻地"一言以蔽之"？

伟哉，孔子！

一

在亲朋好友眼里，他们是一群幸运的年轻人。2015年9月3日的晨钟刚刚敲响，他们就已在黑漆漆的夜幕中集合了；当万道霞光还没染红大地之时，他们就已站在自己的岗位上——北京，天安门广场，将在上午10点，举行纪念中国抗战70周年胜利日阅兵盛典。

清亮的启明星渐渐隐进透明的天幕里，当东方一抹惊艳的红光快闪之后，整个天空越来越亮，越来越蓝，终于，漂亮无比的北京阅兵蓝雄壮出场了。此时的广场上还是静悄悄一片，只有天安门城楼和人民大会堂、国家博物馆上面的红旗飞动着，将年轻志愿者们的面孔映照得更加生气勃勃。

  等我们步入的时候,广场上已是一片沸腾的海洋了。军乐团、合唱团早已齐齐整整就位,各国媒体记者早已抢占好有利地形,就连天空中的燕子也在一圈一圈地盘旋、等待着……此时此刻,最忙的就是那些志愿者了,他们一趟趟地来回穿梭,把观礼代表送到每个人的座位上,一遍遍地告知卫生间、取水点的位置,一次次推着轮椅上的老人来来回回,还为所有请求帮助的代表照相……当9点钟到来时,他们又开始极度耐心地、克制地、竭力地微笑着,不厌其烦地提请代表们尽快回到座位上,保持安静……

  终于,观礼台上的每位代表都就了坐,等待大会开始。这时,太阳开始显示它的重要存在了。高空万里无云,蔚蓝蔚蓝,纯蓝纯蓝,透明透明地蓝,炫目炫目地蓝,光芒四射地蓝。金红色的阳光直射下来,目光炯炯,赤胆忠心,情感浓烈,热情似火,与所有人亲密拥抱。所有在座的人,都熬不住地戴上了遮阳帽,拿着和平鸽造型的扇子扇风,找一切可以遮阳的东西挡住脸,然而汗水还是止不住地顺着脸颊往下流。北京九月的骄阳啊,果然比出炉的钢花还生猛。就在此时,我看见那些年轻的志愿者,笔管条直地站在大太阳底下,穿着白衬衫和黑西服,像钉子一样钉在岗位上。一个个小伙子的脸上红了一片片、紫了一片片、白了一片片,就像最严重的白癜风患者,而早上初见他们时,还是一个个帅气的白面书生……

  比起远在首都各处值守的数以万计的志愿者,他们觉得自己能在天安门上岗,是最值得骄傲的,然而当大会即将开始之际,他们却静悄悄地撤到了观礼台里面。阅兵开始后,当飞机摆出惊艳的"70"造型,拉出绚丽壮观的五彩绸带;当三军仪仗队踢出像一条线般的正步,当坦克方队隆隆驶过,当导弹车队威武地大展雄威,当无人机获得一片片惊叹时……这些年轻人却只能过过耳瘾。当和平鸽冲天翱翔，万颗气球腾飞成一条中华巨龙时，他们重又精神抖擞地回到岗位上了。

我至今记得他们那一张张生动的脸。他们虽然年轻，都是不知名的普通人，但他们给我上了高贵的一课。

二

又是一个烈阳灼人的夏日。山峦般濡湿气团的重重压迫，再加上捂得连汗水都流不进去的口罩，人人都被憋得喘不上气来，不得不像钻出水的海豹一样大幅度起伏着胸脯，剧烈地吸着气。

小区门口，人人都加快了脚步，像被大狗追逐的兔子，一溜烟地往自家楼里跑。

可是也有例外。大院里一长排垃圾桶旁边，一位保洁员大姐一直站在那里。她穿着那种标准的纯蓝色厚棉布工作服，戴着口罩、帽子、手套，忍着强烈的腐臭味儿，坚持给垃圾把着关，将用户们搞错的重新分类投放。实在坚持不了时，就小跑到近处的小树林里吸几口新鲜空气，然后又快速回到岗位上。我记起昨晚去丢垃圾时，本想直接把"厨余垃圾"扔到绿色垃圾桶里，把"其他垃圾"扔到灰色桶里，但保洁员大姐向我伸出了手。我说："我都分好了，你就别沾手了。"她朝我笑笑，还是执意接了过去，履行自己的职责……

这垃圾分类确实很有难度。有时候你照着图表仔细对照着，却仍然会出错。比如最常犯的错误是把粽子叶、玉米衣、玉米核儿当成"厨余垃圾"，但其实它们都是"其他垃圾"。

我就非常想去跟这位保洁员聊聊。找了一点杂物，装进一个塑料袋，下楼到了她面前。我说"其他垃圾"，她照例平静地接过去，仔细检查,然后倒进灰色桶里。我没话找话地问她几点下班,下班后回家干些什么……她朝我笑笑,说:"五点下班,然后到超市再干三个小时,也是做保洁。俩孩子在老家,姐姐已上一年级,可以帮着爷爷奶奶带弟弟了……"

我的鼻子酸了,不知是汗水还是泪水洇湿了口罩。恰在此时听到有人喊我,转身一看,原来是邮递员小方。他说:"韩老师,今天有您的杂志,我已经放在您家的信箱里,也给您发微信照片了,您尽快去取吧。"

这又是一个认真工作的人。我刚搬来那段时间,订的杂志老是收不到,找了好几个层级的领导,问题一直没解决。最后,我找到这位最基层的邮递员小方,带着很大的火气跟他交涉。他默默听完后只说了一句"我争取吧",从此,他在投递局的源头就帮我盯着,每次拿到我的杂志后都拍下照片给我发微信,倒把我弄得十分不好意思。当我再见到他表示感谢后,他很认真地对我说:"这是我的职责呀。咱们这一大片,凡我负责投递的用户,我一般都知道他们家订的是哪几种报纸和刊物……"小方有三个孩子,原本跟他一起在北京打工的妻子只能回农村老家照顾孩子,挣钱养活全家的重担落到小方一个人身上。所以,他也是每天下班后再去找点帮工什么的事情做做……

他一直叫我"韩老师"。可是在我心里,他和保洁员大姐都是我的老师。不是吗?工作如此艰苦和繁重,生活压力那么大,但他们还是一丝不苟地对待工作。其实,大多数人是看不到的,真正明白个中自觉性有着多么宝贵的含金量的,能有几人?我真想给他们鞠个九十度大躬,发自心底最深处的!

三

不再言说岁月的大洋大海，也不再言说历史的大江大河，我庆幸正值事业期的自己，赶上了国家的发展。从20世纪70年代末一直到我退休之年，中国的改革开放事业，轰轰烈烈，慷慨前行，解放思想，高歌猛进。在这可歌可泣的40多年里，小小的我平凡的我，在小小而平凡的工作岗位上，结识了中国文学界大部分有声誉的老中青作家，采访、对谈、组稿、交心、聆听、学习、汲取……我从他们身上收获了多少阳光雨露和明月清风。

我最被季羡林先生打动心弦的，是他那"君子克己，一心为人"的大善与大爱。老北大人都知道这么一件事，有一回，居住在季先生楼上的那家卫生间漏水，刚好水滴在季先生卫生间的马桶位置。小保姆要去跟楼上说一声，季先生拦住不让去，说那是给人家添麻烦。于是一个奇景出现在季先生家里——上卫生间要打伞！

我最被张中行先生震撼心灵的，是他"学，然后知不足"的大境界，还有定位于普通人的布衣本色。这位一辈子孤心苦读而学贯中西的大学问家，曾恳切地对我吐露心声：我这辈子学问太少，如果王国维先生在世，北大只有几位可以勉强评个三级教授，而我则连评教授的资格也没有……

我最被邓广铭先生拨动心弦的，是他推开正吃了一半的饭碗，神闲气定地与我交谈，一点也没有大历史学家的居高临下的态度。那是我第一次去拜见他，之所以午饭时间打扰，是因为那天北大进门严苛，我怕出去下午就进不来了，为此我非常不安。殊不料邓老先生竟然对我说："我替北大向你道歉……"

我最被叶廷芳先生振聋发聩的，是他那个惊人的《政协委员提案》。在举国计划生育抓得最严峻的时代，他居然石破天惊地提出应该放开独生子女政策，否则将会给中国后面的发展带来祸患……

我最感到对不起李国文老师的，是有一次编稿过程中不知怎么走了神，将他原本正确无误的文字改错了，使姜夔和白石道人变成了两个人。报纸就那么错着出去了，白纸黑字被读者来信批评。我像闯下塌天大祸的孩子，浑身发烧地给国文老师打电话。万料不到的是，他竟马上故作轻松地说："错了就错了呗，那有什么关系，我不怕影响我的声誉……"

我最为蒋子龙先生痛彻心扉的，是他对国家大工业体系遭遇的忧懑之心。他曾工作过的天重曾是国家八大重型机械厂之一，后来却变成了荒草凄凄的工业废墟，他昔日的师傅和工友们则变成了大时代的"淘汰者"……

最让我心刀剜一样痛楚的是张洁的突然离世，从此，中国少了一位不可多得的女作家。张洁从不炫耀她的成就，以至于只有很少人知道她曾获得过好几项国际文学奖，和她齐肩获奖的是博尔赫斯、索尔·贝娄等世界级大作家。张洁对文学的忠诚度很少有人能比，我亲眼看见她用写诗歌和散文的方式写长篇小说，即是说，一个个字、一句句话、一个个标点符号地反复"炼"……

还有一位对我产生了终生影响的女作家，是曾对我下过"封杀令"的凌力大姐。她要求我不论何时、何种情形下，都不要报道她，即使在综合性新闻中也不要提及她的名字。当我问到她那些清代系列长篇小说为什么没拍电视剧时，她顽皮地一笑，说："我不愿被糟蹋了，有人来索要时，我就故意出一个他们根本接受不了的高价，把他们都挡回去了……"一个人淡泊名利至此，也是中国文学界的一个奇罕景观吧？

四

入夜，站在阳台往外望去，夜幕已低垂，在深蓝色苍穹的大背景衬托下，万家灯火如同万千个小舞台，明明灭灭地在表演。城市起高楼，楼楼争上游，春草似的见缝就钻，钻进去就疯狂生长、开花、结籽，蓬蓬勃勃，一忽儿就葱茏了一大片。

把目光收回，捧起一本书，每天，这是最惬意的时光。

有人一日不可无茶，有人一日不可无竹，有人一日不可无花，有人一日不可无友。我，一日不可无书。有一次出短差，没带书，结果刚出门还没登上车，心里就开始慌了。

是的，我还有一大群无声的老师——书籍。

说来难以置信，引导我走上文学之路的启蒙书，是《红旗飘飘》《星火燎原》和方志敏的小册子《可爱的中国》。那是童年失学之际，家里的其他书都被作为"封资修"烧掉了，剩下的这几本红色书籍成为我反反复复阅读的"书师"，它们把文学的种子撒在我嗷嗷待哺的心田，使我再回到学校时，作文水平高出全班同学好几个量级。

初中毕业进工厂做了小青工，形势渐缓，工友间流行起秘密传借地下书籍。有时下班后才拿到，翌日早上就要还回去，那就开夜车，整夜不睡也要突击看完。《红与黑》《复活》《悲惨世界》《简·爱》《茶花女》《罪与罚》《九三年》《被侮辱与被损害的》……都是那时读到的。世界在眼前轰然打开，外国那么远又那么近，身边的师傅们有时就幻化成基督山伯爵、罗切斯特、简·爱、艾丝美拉达……还好，我终究没有暴露偷偷读"黑书"。

1978年恢复高考，离开工厂之际，地下书友们来家里作别。我们始终都在兴高采烈地聊一个话题，即各自如何与监视者斗智斗勇，在他们眼皮底下偷偷读书。一位的本职是车工，他就给每本书都包上书皮，写上"车工数学"当掩护；另一位曾被书记叫去谈话，诫勉他不能只钻数理化而忘记读红宝书，他说其实书记是在善意提醒他要注意防范……那一段求学的经历，奇异得好比汽车在云彩上开、耕牛在房顶上犁地，花花哨哨，光怪陆离。临走，一位师兄赠我一本《海涅诗选》，书页已经发黄了，卷边儿，封面上也有了条条裂纹，不知被多少次翻开过，也许还被当众朗诵过？好珍贵啊！我立刻把它包上书皮，装入行囊，在校园里一直陪伴着我。这是我第一本"藏书"意义上的外国文学，现在还在我专藏外国文学的书柜里占据着"第一师"的位置。

高尔基说过："书是人类进步的阶梯。"当然是。不可想象人世间能够没有书籍！具体到我个人，还非常喜欢他的另一句话："书籍是青年人不可分离的生命伴侣和导师。"不知为什么高大师要强调"青年人"三个字，难道读书不是除了婴儿之外、所有年龄段的人都应该做的事吗？或者，他要强调的是谁读书，谁就年轻吧。

读书人永远年轻。我永远都做年轻人。

五

大漠，孤烟。长河，落日。新桃，旧符。沧海桑田，岁月就这么不声不响地从身边走过了。抚今，追昔，千般感叹，万般不舍。

当年我黑发如瀑时，曾写过一篇散文，言"老师"是我最不能接受的称谓之一。可是如今进入手机时代，职场上盛行起称呼"老师"，我也两鬓披霜，真是到了可以被称作"老师"的年纪，于是"韩老师""小蕙老师"就成了我如影随形的标配。

可是啊，我多么怀念跟在一帮大师的身后，潜心踏着他们足迹前进的圣洁年代；多么怀念与一帮高于自己的先生坦诚交流，虚心请教的温馨年代；多么怀念和一帮文友聚在一起，静听他们高谈阔论、从中汲取营养的纯粹年代；多么怀念在大街上遇到陌生人做好事，被感动被激发，向他们学习，给他们助力，自己也得到升华的纯真年代……

因为，我姓"爱"，名"学习"，字"学子""后学"，号"青衿"。我一辈子都会跟在众多可敬的老师们身后，以师之长补己之短，以师之优补己之拙，以师之高尚补己之差距，以师之宽广补己之狭窄，"木受绳则直，金就砺则利，君子博学而日参省乎己，则知明而行无过矣。"

有话对你说

一

不知道你在哪里,有话对你说。

昨夜的一场寒雨,把已经凋零得所剩无几的北方,又剥离去一层。抬眼望过去,苍白的天空上,什么也看不见,光听到一支肃杀的悲秋之曲,反复回旋冲撞着,令人绝望。把眼光收回来,期望大地,僵硬的大地裸露出来的,还是大片大片的苍白,连金黄色的落叶也见不到几张。

天地间虚空间,皆然一片白茫茫……

于是,感觉也不对了,好像这世界上的五彩缤纷——声响、色彩、图像、山、水、人,凡是代表着鲜活的、向上的、生命激情的花叶,突然间都从眼前消失了。

只剩下茕茕孑立的我自己!

我立时慌了神。虽然平时在茫茫人海中,在喧嚣中,时时刻刻都在祈求一个神示的所在,一心想进到那个没人的地方,独处。可是当真的发现只剩下自己一个人时,内心里立即被极度的恐惧重压失衡,凄凉地呼喊着你,求你来救我!

二

不知道你是否听见了，有话对你说。

从那残酷的空白中，我突然体味到悲悯的情怀。

生命是多么的短促。生老病死，花开叶落，在冥冥之中，主宰着我们的神，一点也不肯网开一面。

那么，我们应该多么认真地加倍珍惜地走完自己的生命历程。

可是，为什么，我们又总不能如此呢？

有着那么多规矩、限制、禁锢、忌讳、阻碍、条条框框、流言蜚语……蛇一样地缠绕在我们的身上。就连哪怕心灵的一次微颤，也逃不脱它无时不在的刻毒的眼睛。于是，一颗心儿终日沉甸甸的，就连对谁多一个微笑，多一点亲情，也似乎犯了罪似的检讨不已。有那么一天，不知是缺了哪根"筋"，我忽然说出了一篇真话，自以为是天下为公的境界，可以起一点惩恶扬善的小小作用。不料，朋友们的电话"叮铃铃"地全来了：

"你怎么了？你！真话是只能够藏在心里，不可以随随便便说出来的。"

"你以为只有你最聪明，只有你看到这个世界的丑陋了吗？完全不是，别人比你早一千年，早就明察秋毫了。"

"怎么能够赞扬人呢？没被你赞扬的人，或者被你赞扬的人的对手们，会怎么想？"

"批评就更加不能够，哪怕是人人都厌之唾之声讨之的无赖，你看吧，当着他的面，人们还会去跟他握手，扯淡几句天气、身体一类的废话。"

"人啊，本来活着就不易，你干吗还要没事找事？要知道，一件珍贵的东西，得之弥艰，毁之殊易！"

……

我完全懵了。想了半天，才说出一句久藏在心里的话：

"我只是想让这个世界变得美好一些……"

谁知道我的话还没说完，朋友们还没来得及再气急败坏地教训我，缠在身上的那条蛇忽然扭动着黑色的身躯，"啪啪啪"地笑开了。它这会儿大概心情正好，笑得上气不接下气，然后突然顿住，像哲学家似的教导我说：

"你、不、是、救、世、主。你、不、但、惩、恶、不、成，那、些、恶、棍、还、会、把、他、们、全、部、的、毒、计、都、集、中、起、来，对、准、你。等、着、吧，你、好、好、等、着、吧，他、们、会、整、日、整、夜、地、追、逐、你，搅、得、你、再、也、不、得、安、生。"

说到这里，它响亮地甩了一下尾巴，"啪啪啪"地又笑起来。后来它又吐着红红的信子，加了恶狠狠的一句：

"他、们、至、少、会、追、逐、你、一、百、年！"

"哦，原来是这样。"我大叫一声，胸膛轰然裂开来。一股久蓄的沉重呼啸而去，顿时豁然开朗，无比轻松。我感到久已沉闷的怠倦的心一下子有了力气，浑身的血脉都汩汩地奔腾起来。

我转身扑到钢琴上，弹了一曲我心爱的《拜厄第66号》钢琴曲。我的彦弟曾经告诉我：他从这首曲子里听出了一个倔犟的、昂扬的、渴望为真理而冲锋的灵魂。

三

不知道你能否理解我，有话对你说。

钢琴的余音还在回荡，我却沮然垂下头，沉进人类的大悲哀里，心里堵得疼。

对别人，我一天比一天沉默。

我只想逃回自己的窝里，依在你温馨的慰藉里，歇息。

不是因为胆怯，也不是因为没有能力，而是因为极度的失望。

不知道你是否体味过那种心里有话，却无从对人倾诉的痛苦？这是精神的苦役。刚才我走在大街上，被掩在人流之中，竟突然茫然失措。穿着漂亮的男人、女人们，各自向着他们的目标，急急忙忙地走着。而我，却突然不知道要走向哪里，要做什么。我甚至迷惑地失去了自己，被人群的惯性所裹挟，脚机械地挪，心却在空洞洞地流血……

我就去找我的朋友们。可是他们都出门了，有的去凭吊圆明园的废墟，有的去赏玩香山的红叶，还有的在石景山游乐场翻江倒海……

我就去找我的文友们。可是近在咫尺的在忙于吟诗作文写小说电影电视剧，天南海北的又是路也迢迢，心也迢迢……

我就去找我的老师。可是他已经顾不上我，面对着新一茬学生，他的心已被拴在他们身上……

我就去找我的亲人。可是高堂虽健在，两座肩膀的大山却已被岁月的流水冲得坑坑洼洼，我不忍再去依傍他们；兄弟姐妹们一个个都没精打采，各自挑着一副沉重的日月星辰，无暇再顾及我；我可爱的小女儿呢，眼睛里清澈无比，一颗率真的心在叽叽喳喳地唱，我又怎能忍心去折断她的翅膀……

我就去找我的书。可是书太智慧了太原则了太形而上了，你听："希望是坚固的手杖，忍耐是旅衣，人凭着这两样东西，走过现世和坟墓，迈向永恒。"（罗高）他说得完全正确，大智大慧，可是要命的是，我还没有修炼到那么高的境界，还顾及不上永恒……

最后，我又去朝拜宗教。九华山、峨眉山、五台山，碧云寺、灵隐寺、普宁寺，我寻寻觅觅地都去了。仙山道远，路陡雾大，都没能阻遏住我的决心。可是释迦牟尼只是慈眉善目地望着我，不语。我又去天津，走进巍峨的天主大教堂。教堂好高啊，凌云盖顶，直达天国，然而我却只看到了痛哭流涕的信徒们，没有见到上帝……

上穷碧落下黄泉呀！

我忍不住大声地哭泣起来，一边哀哀地继续我的跬躞。一路上，不断有好心的路人拦住我，问我怎么啦。我再也顾不得什么规矩、限制、禁忌……呜咽着告诉他们：我在找你！

四

不知道你是否接纳我，有话对你说。

在经历了一连串如熬如煎的心路历程之后，我开始想到生，想到死，想到活着到底是为了什么。

太阳为什么是红的而不是黑的？

江河为什么要流动而不愿静止？

女人为什么一定要美如莹玉，而男人为什么一定要成就功业？

……

这些最基本的念头，愚蠢地纠缠在我的脑子里，像四月的阴霾一样不肯散去。我被折磨得形容枯槁，奄奄一息，终于懂得了什么叫作抑郁而疾。

我觉得有些受不住了。胸口一阵阵发闷，喘不上气来。

我真想躺倒，不再思，不再想，不再哭，也不再急，只要宁静地睡入天国。

可是我还年轻如诗，黑发如瀑，明目达聪。这个世界的许多还没有经历没有体验，心中的激情还没有完全被湮灭，幻翼还在渴望着拍击。

闭上眼睛固然是一片迷惘，可是睁开双眼，周围尽还有阳光、月色、春花、秋果……还有亲情、友情……

于是，只有努力排解。

我登上泰山去看壮丽的红日，我跳进大海去做美丽的人鱼。我拼命地工作，想要忘却——忘却自己是谁，忘却世界是什么。最好换一个太阳，换一个自我，换一个轻松一点的世界。

可是，我却失败了。惨败。

于是，我终于明白了：靠我自己不行，真的不行，我还是必须找到你。靠在你大山一样的胸膛上，哪怕仅只歇息一刻。

你不知道，傍着你的心，我才有继续走下去的勇气。你是我信心的灯塔，因为有了你，生活才不再孤寂，孤寂才不再痛苦，痛苦才不再难耐。过去，人都说我是一个温文尔雅的女孩。我以为，支离破碎的我早已永远地失却了这份温柔。可是如今，我发现我的心还是热的，还在有力地跳动——为了你，我至少还能跳动一万年。

我就大声地呼你喊你，加快脚步追赶你。只要能够找到你，我不怕走过遍布毒蝎的沼泽，不怕蹚过鳄鱼成群的河流，不怕穿过毒蛇缠绕的树林，不怕越过虎狼出没的山岗。宁愿历尽九九八十一难，宁愿如夸父道渴而死，也要找到你！

我也不明白是什么在支撑着我，只知道心里在一遍一遍地对你说：

愿把我的手给你，

愿把我的心给你，

愿把我的灵魂给你，

愿把我的生命给你。

愿把我的一切一切，

统统都给你！

五

不知道你到底在哪里呀,我急急忙忙地想要快些找到你,有话对你说。

我托过风,让风吹遍茫茫天宇,找你。

我托过雨,让雨流向滔滔大地,找你。

可是,不知道你是故意铁着心,还是真的没听见,我怎么到处也找不到你?

也曾经有人朝我伸过手来,温存兮热情兮令我心窝发热;

也曾经有人朝我绽开微笑,真诚兮灿烂兮令我心旷神怡;

还有人把整个身心都来拥抱我;还有人把整个生命都来贴近我;还有人把整个胸怀都来包容我……

每一次我都欣喜得大笑大跳,以为终于找到了你。可是最后,却又夹着哀哭或伴着冷笑超越过去。不,他们都不是你,尽管他们不乏智慧与才华,不乏哲理和警句,不乏异邦的故事域外的风情,不乏人际的经验处世的圆浑……这些对于生命总不成熟的我来说,都弥足珍贵。可是,我的一颗心太沉重了,他们都负载不起,我想找的,只是心心相印的你。

找你,找得真苦呀!就像歌中唱的:像生一样苦,像死一样苦,像梦一样苦,像醒一样苦……

不过,苦到极处,甜,能够降临吗?

我祈祷!

六

说了半天,还不知道你到底是谁?!

是海、天、神?是儒、释、道?是古希腊的宙斯?是西斯廷的圣母?是大智大慧者亚里士多德、黑格尔、伏尔泰?是大作家大诗人莎士比亚、歌德、托尔斯泰?

不,都不是。

你就是你——我心中实实在在的有话对你说的你。

岳茔享堂、三碗清水及其他

这次走汤阴,学会了一个新词——"享堂"。

其实对很多知识渊博的人来说,"享堂"根本就不是什么新词,而是一个早有了上千年词龄的老词。以我在现场的感性理解:"享堂"是一片墓地中,走进大门,面对的那间殿堂,里面设立着先人的牌位,供后人拜祭、缅怀、冥想。刚开始听到这个词的发音,我想当然地以为是"想堂",但王先生认真地告诉我,不,不是后人对前人的想念,而是先人享受后代子孙的永恒的怀念。

对,孝敬前人,尊敬前人留给我们的生命及其他,让他们的灵魂在天国安息,这是中华民族世世代代的传统美德。后来回家查找资料,我确切地了解到,"享堂"是对墓上建筑的通称,包括祖坟和祠堂。

汤水汤汤,我心芳香。汤水汤汤,我心向往。

此刻,我们正站在汤阴一望无际的黄土地上,这是河南省最壮观的初夏时节,一望无际的麦地伸展到天边。麦穗初见姜黄,漂亮得一如壮观的黄土地,它们正在集体发力,利用初夏的热风装满自己饱胀的渴望,迎来最后的丰收。在这无垠的麦地中间,空出了一个偌大的院落,就是现场的所在——河南省汤阴县周流村中的岳飞先茔墓园,世世代代,"老岳爷"的香火一直在这里燃点,递传。

"老岳爷"即英名流芳千古的岳飞大将军。在汤阴家乡人的嘴里，爷传儿，儿传子，子传孙，祖祖辈辈传到今天，就一律被老百姓称为"老岳爷"了。"老岳爷"早已成为护佑地方的神祗，在这片诞生英雄的土地上，没有佛教的大雄宝殿，没有哥特式的天主教堂，没有道观和清真寺，只有岳飞庙。老百姓拜的、信的、求的、亲近的、依仗的，只有"老岳爷"……

说话间，我们迈进了"老岳爷"先茔墓园，走入第一间享堂中。

大殿正面，是"老岳爷"一尊着戎装的彩绘雕像，完全民间手法：虎背熊腰，方头阔脸，粉面朱唇，浓眉大眼，威风凛凛，浩然正气。一看就是出自最优秀的民间艺术家之手，手传心声，塑造的是家乡百姓心目中原汁原味的"老岳爷"形象。不过此刻他手上拿的不是刀剑，而是一支毛笔，拧着卧蚕眉，目视前方，一脸悲愤之色，似乎是想倾诉满腹的辛酸！哎呀，定格在汤阴老百姓心中的"老岳爷"形象，怎么会是这样的呢？

每年在这里，有两个日子是神圣的，比过年还过年。一是农历二月十五，二是大年三十，百姓蒸馍的蒸馍，制衣的制衣，携妻挈子去岳庙上香。是两日，庙中人山人海，万头攒动，成为汤阴最盛大的节日。久而久之，人们，尤其是妇孺，已经不知道这是"老岳爷"的生日和忌日，只知道此乃老辈人留下的传统和规矩，但凡到了这两天，就要去岳飞庙举行盛大的祭祀活动。

似水流年……

岁月流金……

在漫漫湲湲的日子之志书上，就留下了一连串有声有色的记忆：比如在20世纪30年代的抗日战争中，日本鬼子的两枚炸弹扔到岳飞庙的后山墙下，愣是不能炸响。又比如20世纪60年代汤阴地面上发大水，老百姓纷纷跑到岳飞庙去避灾，结果大水绕庙而过，就是不忍淹进来。

辑一　缤纷紫

还有人们记忆犹新的一场战争，死了不少士兵，而"老岳爷"护佑下的汤阴兵，一个个玩命冲锋、杀敌，屡立奇功，却没有一个"光荣"的……

传说是人们心中的念想，信则有，不信也有！

汤水汤汤，我心铿锵。汤水汤汤，我心雄壮。

我感觉，虽然中华民族的浩荡历史上有着那么多贤人、名人、英雄、好汉，但在中国老百姓心目中，岳飞是千古第一人；在中国老百姓的口碑上，岳飞是千古第一人；在中国老百姓的知名度，岳飞是千古第一人。

一代代华夏子孙，无论男女，谁不是从幼年起，就聆听岳飞大将军的故事——"岳母刺字""枪挑小梁王""大战金兀术"直至"风波亭"……各种民间艺术手段，比如评书、小人书（连环画）、剪纸、皮影、绘画、雕塑、地方戏，用来歌颂岳飞大将军的也是最多。我现在还清楚地记得小时候看的小人书，上面有岳飞骑着战马，双手舞动大枪，枪挑小梁王的雄姿；也记得看到最后，是岳飞和站在他身后的岳云，俱双手被绑，一脸悲愤，在风波亭英勇就义前的最后形象。及至后来稍长，第一次读到岳飞的《满江红》。

怒发冲冠，凭栏处、潇潇雨歇。
抬望眼，仰天长啸，壮怀激烈。
三十功名尘与土，
八千里路云和月。
莫等闲，白了少年头，空悲切。

靖康耻，犹未雪。

臣子恨，何时灭！

驾长车，踏破贺兰山缺。

壮志饥餐胡虏肉，

笑谈渴饮匈奴血。

待从头、收拾旧山河，朝天阙。

当时读罢这首词，我整个僵在那里，感觉体内的血液一点一点被点燃、升温，直至沸腾！岳飞大将军的那种磅礴大气，那种正义凛然，那种视死如归的尽忠报国之情，化作熊熊烈火，从此就开始在我身体里持续燃烧！最痛快的感觉，仿佛自己也抛却了女儿身，回到千年之前的古战场，跟着大将军"收拾旧山河"——这就叫作"民族的魂魄""民族的热血""民族的英雄之气"吧？这样活着，才不枉一生啊！

我相信这不是我一个人的感受。

我恭恭敬敬地走上前去，立正站好，向岳飞大将军行注目礼。

我身旁，是中国人民解放军少将李存葆。早上出门时，我看见他穿上了军装，扛着将军徽章，全身上下庄严肃穆，连一个皱褶都没有。他慨然说："今天是去拜见岳飞，我得着正装，以示我的敬仰。"

我们朝岳飞雕像深深鞠躬。

就在此时，我再次看到走遍汤阴皆如是的一个景象——在岳飞大将军的雕像前，一字排开，只供着三碗清水。

我终于忍不住问讲解员这是什么意思。

那年轻女孩子回答："表明汤阴人民对老岳爷的一种怀念。"

我又问："那为什么是水而不是酒呢？"

她答："的确是水，不是酒。这三碗清水每天都换，这个院子每天都清扫，都是老百姓自发做的。"

所答非所问，显然不能令我满意。

但是我不怪她们，她们还是太年轻了。

显然的，要寻找这个问题的答案，只能靠个人的悟性，自己去悟。

汤水汤汤，我心郁郁。汤水汤汤，我心悲伤。

我端详着第一碗清水，心想是了，这是歌颂岳飞大将军的丰功伟绩。八千里征云战月，他一次次从血雨腥风中将胜利高高举起，拯救百姓于水火，托举国家于危难，令敌手闻风而胆寒，成为敌人永远攻不破的长城。这一张功勋累累的战功表，如清水一样澄明、清明、透明，不掺有任何杂质。

我又端详着第二碗水，心下明白，这是为了彰显岳飞大将军的尽忠报国之心。20年征战一步一个脚印，直至成为支撑南宋江山的擎天柱。朝廷的嘉奖可以不算，视功名为尘与土；百姓的歌颂也可以不计，只算是鞭策前进的不竭的动力；为保家卫国，他把儿子、孙子乃至全家都送上了前线，一片耿耿丹心，天日昭昭。而他自己得到的是什么呢？除了敌人的惧怕，就是百姓的这一碗清水了！

至于第三碗水，当我的目光落在它上面，眼眶突然潮热了，心中大恸，塞满悲伤和愤懑。我认定：这一碗清水，是为岳飞大将军洗冤而备下的！

谁都知道岳飞是被秦桧恶党害死的，因为找不到任何借口，竟然生造出一个"莫须有"的罪名，使岳飞、岳云等抗金英雄没有笑卧沙场，却惨死在宵小们的刀下。这千古奇冤，虽然后来平反昭雪了，虽然后来令秦桧恶党永远地跪在岳飞大将军的面前，任天下人唾骂；可是英雄已去，白云千载。秦桧恶党所铸成的奇耻大辱，是永远插在中华民族胸膛上的一把刀，伤口永远在滴血，创痛永难平复！

更为重要的是，秦桧虽死，然恶人、坏人、小人们却始终连绵不绝。历朝历代，无不是清浊相交，浊者搅浑水；忠奸相搏，小人得其势。恶人、坏人、小人们没别的本事，却专会溜须拍马，巧言令色，把天下便宜占尽，还要像秦桧一样陷害忠良，一个个直把日子过得志得意满，弹冠相庆；而良善人、忠厚人、好人呢，因为不屑于滚到泥里同流合污，即被边缘、被冷落，甚至被诬陷被迫害而毫无还手之力，只能眼睁睁看着宵小们糟蹋大好河山而悲愤寡欢，空叹报国无门！

唉，这历史的悲剧呀，在舞台上，在戏曲中，在小说里，文人们都给你安排了一个除恶安良的大光明结局，可是在现实中，善良而无奈的老百姓们，只能给你准备一碗清水！

汤水汤汤，我心切切。汤水汤汤，我心激荡！
我扑向三碗清水。

清水亮亮堂堂，倒影中，又映出岳飞大将军手握巨椽，拧着卧蚕眉，一脸的悲愤表情。我忽然一顿，悟出了他写的是什么——

他在写："欲将心事付瑶琴，知音少，弦断有谁听？"

他在写："还我河山！"

他在写："尽忠报国。"

他在写："天日昭昭，天日昭昭。"

这最后的八个字，是岳飞大将军临终在狱案上写的，是他的绝笔。我坚信，就像他心中还有未竟的英雄事业，他心中也一定还有未竟的切齿誓言。

是的，在历朝历代数不清的统治者之中，其绝大多数都是忤逆民意、宠幸恶人坏人小人的昏君。因为逸言顺耳，因为马屁喷香，因为宵小能使其舒舒服服地堕落。可是呢，春花秋月，小楼东风，最后一个个都落得流水落花春去也的可悲下场。

这样，对我们的做人来说，面前就摆出了两种选择：一边是锦衣玉食，香车美女，高官大宅，拍马者前呼后拥。不过这是要付出代价的，比如出卖，既出卖别人，也出卖自己的人格和心理屈辱；比如作恶，既然你有了人生的第一次贪，就会有一生的偷、盗、掠、抢；比如陷害，即使毫无干系，也必然要以清洁为敌，向忠良下手，做历史的逆子，因为青松的存在就是对腐草的蔑视和威逼呀！

另一边是一碗清水，两碗清水，三碗清水。这也是要付出代价的——尽管你饱读诗书，一身本事，并像岳飞大将军一样尽忠报国，赤胆忠心。可是，你既然选择了不坠青云之志，也就必然要像岳飞大将军一样，劳心劳力，呕心沥血，在宵小们的群殴之下，悲愤填膺，栏杆拍遍，慨然出世！

汤水汤汤，我心芳香。汤水汤汤，我心向往。
汤水汤汤，我心铿锵。汤水汤汤，我心雄壮。
汤水汤汤，我心郁郁。汤水汤汤，我心悲伤。
汤水汤汤，我心切切。汤水汤汤，我心激荡！

从岳莝享堂出来，从汤阴回到京城，从一千年前唱到今天，这支绵长的曲子，一直在我心中盘旋，不去——

小村即景

这里是晋中南广袤大地上的一个普通的小村庄,普通到你都不必问起它的名字。但就是这个普通的小村庄,竟使我体验到一种地域的魅力。

这一带的地貌真是奇特,令平原人看上一眼便永远难忘。

人正在大地上行走,突然,脚起脚落之间,路便没有了。探身一望,脚下就是直上直下的悬崖,有的深达数十丈,令人头晕目眩。

而身后,人刚才走过来的地方,明明是平展展的土地。生着庄稼,长着树木,流着河水,跑着马车。还有一座座土砖结合而筑的农舍和用秫秸秆隔成的农家小院。从里面,不时传来鸡鸣、羊叫与娃儿的笑声。

倏地,一群漂亮的狗你追我逐地奔了来,撒了欢儿地在地上跑着、跳着、扑咬着,尽情地嬉戏,却没见一只掉下崖去。人正在惊疑之间,崖上崖下的乡亲便喊起话来:

"哎——吃哩?"

"哎——吃哩!"

这是汉子的声音。声音于崖上崖下巨大的空间之中,显得格外雄浑苍凉。倘是女子,便会于雄浑苍凉之间,又夹杂着缠绵悱恻的韵味,令人遐想无穷。

一忽儿,月上高崖,清辉洒遍大地,崖上崖下便一起进入了这里才有的极其静谧旷远的夜世界……

借用地理学的名词术语，这是典型的丘陵地貌。再准确一点说，这是平原与山地的交界地带，因而既呈现出平原的平整，又兼有山地的起伏。起起伏伏之间，便出现大断大裂而又错落有致的高崖低谷。人在高处放眼望去，但见对面崖壁是一面巨大的史前壁画，那上面的神秘图形令你读不够也思不够。而远处，则是一派倒海翻江的山峁沟壑图，纵是天下最杰出的大师，也绘不出它们的英雄本色。

老乡们却绝少这样看景。他们更相信老辈人留下的传说。说是女娲炼石补天那会儿，补到这地界时伸了个懒腰，漏下一缕沙粒，地面上便不平起来。因为年深日久，他们早已没有了对女娲的愤激，生命的因子里，只留下择佳地而生息的顽强生命力。在极不规则的地表之上，他们竟顺势建起房舍，形成村落，荷稼养畜，婚丧嫁娶。虽然活得不轻松，但也能于春种秋收之中，闻得一些戏文。何况，当青草漫满黄土世界之时，山峁沟壑也显得葱郁苍翠起来。鸟儿也能飞来几只，叽叽喳喳地叫上一阵。

这地方只是不能过冬天。一到荒凉的冬季，造化的穷凶极恶便再难掩饰了。

每当钻天杨的最后一片叶子被狂风吹落之后，生命的绿色消失殆尽，苍茫的黄土高坡就裸露出它的贫穷。高崖与低谷之间，只萧疏着荆棘枯草的几根枝杈，天低云暗，更载不动崖崖、坡坡、沟沟、壑壑的忧并愁。而挟带着黄土的狂风却全然不理会这些，只一阵紧似一阵地刮来，对准光秃的崖际，麻利地刮下一层又一层黄土，怪笑着抛洒向半空中。

在这样的日子里，连狗也不敢跑出门去；家家庄户院子，更是门户紧闭。汉子蹲在炕沿上抽烟叶，婆姨搂着被吓坏了的娃儿，满崖满坡满世界中，失却了一切人声兽语，只剩下狂风的怒号和黄土地的呻吟……

这一切，是平原人无论如何也经受不住的。

与江南的鱼米之乡比，不用说，这样的地域环境是太沉重了。

可无论是历史上还是今天，这里始终被称为晋中南宝地。庄户人家的日子红火，为历史上偏居此隅的各路诸侯们奠定了太平昌盛的基础。气势恢弘的中原文化，也由这里播往陕北高原，甚至远走河西走廊、祁连山脉。就连异族侵略者，也不敢贸然践踏这片神圣的黄土地——有老乡告诉我，在抗战最严酷的1940年，小鬼子也只有在大规模"扫荡"时，才敢来村子里指指戳戳。

这到底是谁之功勋呢？

人杰？地灵？还是天意？

天意不过是人们自己编造出来的感觉。地灵向来也是依靠人杰才得以体现的。归根结底，我以为，还是这里的人民是有血性的人民。自然环境的险恶，造就了他们的挑战意识。倘若人类不劳动，不创造，不抗争，不奋斗，天天依赖天上掉下来的馅饼优哉游哉地享受，恐怕这世界上根本就没有今天这高度发达的人类社会！

这读不透也思不透的"史前壁画"，这倒海翻江的《山峁沟壑图》，特别是这依地势而形成和兴旺的小村，永远地载入我的记忆。我清楚，在今后的人生之旅中，我会常常想起它们来的。

仰慕天柱山

安徽省有潜山市,古称"舒州"。其地面矗立天柱山,巨峰开石花,傲世而独绝。

仰慕天柱山,首先是仰慕天柱山的尊严。这是亘古洪荒的大自然杰作,有巨大一簇石峰花,雄武地绽开在天柱山顶。石峰花呈爆发式怒放状,不知是在哪个春天,不知是被哪一夜忽然吹来的春风吹醒,于是在一阵天崩地裂之后,便留下永恒。伟哉,幸哉,大自然格外开恩天柱山!

仰慕天柱山,是仰慕天柱山的内涵。群峰莽莽,奔腾而来,山浪峰滔,岩呼石啸。一座又一座巉峦腾起,一块又一块巨石发功,将满山的深绿、浅绿、苍绿、翠绿、春华绿、夏荫绿、秋水绿、冬雪绿、青春绿、盛壮绿、苍劲绿……高高举起,与天地人同辉,和日月星竞耀,共真善美歌泣。

仰慕天柱山,是仰慕天柱山的厚度。李白一步一回头,留下"待吾还丹成,投迹归此地"的心愿。苏东坡游兴高飙之际,挥毫写下"青山只在古城隅,万里归来卜筑初"。王安石虽累累被官场羁绊,内心却一直思念着"水泠泠而北出,山靡靡而旁围。欲穷源而不得,竟怅望以空归"的天柱山。黄庭坚来得最是时候,石牛古洞前巧遇大画家李公麟,请他给自己画像之后,迅即趴在石牛旁的大石上,神采飞扬地写下一首七言诗:"郁郁窈窈天官宅,诸峰排霄帝不隔……石盆之中有甘露,青牛驾我山谷路。"

仰慕天柱山,是仰慕天柱山下的日常。一栋栋皖式徽派民居,粉墙、黛瓦,马头墙高翘。墙面是白雪公主一般的洁白,青砖是七个小矮人似的玲珑,错落有致地站在透明得发亮的山水里,把住在里面的男男女女,变幻成下凡的神仙。

仰慕天柱山,也是仰慕天柱山的奋发。一代代才人辈出,一家家儿郎脱颖,东吴出了兼文学家、科学家、数学家于一身的才子王藩;晚唐有诗词名家曹松;宋朝出了宰相王珪,还有画出《五马图》的李公麟;清初又涌现出桐城派代表作家、皖江文化首创者朱书;晚清有京剧鼻祖程长庚,率领徽班进京,使京剧这一国粹形成并传播;后来的潜山徽派还涌现出余三胜、程继仙、余叔岩等艺术名家;晚清又出了黄梅戏早期整编者洪海波,对黄梅戏的兴起和发展做出奠基之功。新中国之后,又出了"杂技皇后"夏菊花,黄梅戏表演艺术家韩再芬……

仰慕天柱山,也是仰慕天柱山的传承。今天,就在我们身边,还在源源不断地涌现出俊杰人物。在天柱山怀抱中长大的刘少斌,建立天柱山养生武术院,一个又一个洋弟子追随而来,甚至在山脚下建起"俄罗斯学艺村",穿着对襟练功服,终日浸淫在天柱山的纯净里。

最后,仰慕天柱山,是当年从余秋雨文章《寂寞天柱山》开始的。他独辟蹊径的"安家"角度,卓尔不群的"寂寞"见识,无不震撼着我,使一座陌生的天柱山,从此在心中深扎。正如一个人要有知音的理解,一座山也需要经典的解读。

宜兴有好女

对于我这个土生土长的北方人来说,"南方"是个美丽得永远让我充满遐想、光鲜灵灵的词:南方意味着山明水秀,烟柳画桥。南方隽永着细密的粉墙灰瓦和精致的日子。南方调养出的男士温文尔雅,风度翩翩;还有说话像小鸟唱歌一样好听的女子,据说她们即使吵嘴也是一副莺歌婉转的花腔,让北方人以为是在表演节目……总之,"南方"在我的概念里,即"水是眼波横,山是眉峰聚。欲问行人去哪边?眉眼盈盈处"的天堂。

然而,到了典型的南方城市宜兴,我收获的,却是别样的感触。

一

天下宜兴,天堂宜兴,谁人不知宜兴有三宝?一曰景物,善卷洞、张公洞,皇家宫殿般金碧辉煌的钟乳石大岩洞,从公元3世纪就开始经历岁月老人的穿凿,千百年来,既塑造了风景又积淀了文化,早就成为宜兴的名片。二曰风物,宜兴陶瓷名动天下,特别是紫砂壶,要是不姓"宜"名"兴",就是不正宗,风雅之士都不捧的。

这第三宗曰尤物,阳羡名茶(宜兴古称"阳羡")已有1200多年种植史,是中国最早享有盛名的古茶区之一,过去有"天子未尝阳羡茶，百草不敢先开花"的民谚，可见它地位的非同小可。如果说古茶是何等标致模样已不可考，那么今天的阳羡绿茶我是亲眼见到了：根根都似乎是"香魂一缕在天外"的妙玉，亦是要用天外的气派和排场侍候的，必须用上等器皿来盛，必须用洁净的杯子来经水，那水还必须是纯粹的山滴雨露——如此惯纵，便产生了"嫁女"的担忧，宜兴人索性在卖茶叶的同时，奉上一只晶莹剔透的玻璃杯，以免其他器具玷污了我这"娇女儿"……

除了这三宝，我们还去游了原始森林一样浓绿遮天的竹海，还有烟波浩渺的太湖，以及著名的禅院道场大觉寺等等，第一等的享受便是空气，它们都捧来了最清新、最湿润、最畅达、最滋味、最诗意的负氧离子，让人大呼"快哉"而"万岁"。听说，宜兴还有数不清的亭、台、楼、阁（如漳浦亭、浮翠亭等，有名的达31个），轩、榭、厅、堂（如双楠轩、净山堂等，有名的达20个），园林、洞塔（如湄隐园、灵谷洞等，有名的达22处），寺、庙、观、祠（如南岳寺、西津庙等，有名的达52处），古建桥梁（如长桥、升溪桥等，有名的达19座），老街、旧巷（如蜀山古南街、东西珠巷等，有名的达10处），碑、坊、墓、墩（如国山碑、《净云枝藏帖》刻石等，有名的达24个），遗址、遗迹（如骆驼墩遗址、前墅龙窑等，有名的达10处）……如此，宜兴给人的感觉，就好像《清明上河图》那么繁华、繁荣、繁锦、繁喧、繁闹；或者，不如更誉她是一个天然的大博物馆，人文的、历史的、自然的、社会的、风土人情的，无所不包，无奇不有，说她表现了中华民族自古的文明进程，怕也不为过吧？

都好，都好。

很棒，很棒。

不为过，不为过。

可是，不知为什么，我心中似乎还有企盼——也许是我太追求"完

美主义"了,几天下来,隐隐的,天边滚着远雷,闪起一爿金红,我还一直期待着:

还会有什么发生呢?……

"乱石穿空,惊涛拍岸,卷起千堆雪。"(苏轼《念奴娇·赤壁怀古》)

"目尽青天怀今古,肯儿曹恩怨相尔汝!"(张元干《贺新郎·送胡邦衡待制赴新州》)

"抬望眼,仰天长啸,壮怀激烈。"(岳飞《满江红》)

"把吴钩看了,栏杆拍遍,无人会,登临意。"(辛弃疾《水龙吟·登建康赏心亭》)

"倩何人唤取,红巾翠袖,揾英雄泪!"(辛弃疾《水龙吟·登建康赏心亭》)

"风浩荡,欲飞举。"(张元干《贺新郎·寄李伯纪丞相》)

……

对了,就是这种"大江东去"的阳刚之气!南方,不会只有"日长飞絮轻""画舫听雨眠"一类的阴柔美吧?

二

终于,终于,我的心中所盼,它来了!而且竟然,是由一群红粉英雄带来的——

（一）

在"史贞义女碑"前，浣纱女义救伍子胥的故事让我惊愕不已

"史贞义女碑"是由大诗人李白亲自撰铭并序的，记叙了春秋战国时期，一位宜兴姑娘的壮举。

相传楚国大将伍子胥在逃离楚国，进入吴国途中，走到宜兴西氿口的虾笼泾，摆渡过氿到了北岸。此时他已三天三夜没吃过东西，又饿又累，实在走不动了。见岸边有个姑娘正在洗涤锦帛，伍将军就上前乞食。姑娘没有可以充饥的食物，便把一盆浣纱用的浆糊端给他吃。伍子胥狼吞虎咽后，问清去吴国的方向拔腿就走。可是突然，又折回身来，求告姑娘不要告诉后面的追兵，不然"我命休矣"。姑娘见他焦急的样子，为了表明自己一定会信守诺言，竟然一头扎进湍急的溪水，以自沉的诀别，标示自己永远不开口……

我惊愕得张开了嘴巴，想了半天，却没有说出话来。无疑，今人活得比古人聪明，无须用宝贵的生命证明自己；但古人却比今人纯粹，为了一个理想、一个诺言，就肯付出宝贵的生命。今人的生活水平不知比古人高出多少，电脑比之结绳，宇宙飞船比之牛车，登月火箭比之嫦娥奔月，简直是恐龙比之蚂蚁，华尔街大亨比之非洲饥民；今人的财富也比古人多得无可计，古人以铜为金，草庐布履；今人拥有股票、基金、期货、货币以及金银珠宝翡翠钻石，还有冰箱、彩电、汽车、电脑、空调、飞机、游艇。但今人更重利，古人却更重义，原始共产主义真的是领衔高级资本主义和初级社会主义……

一时间，我竟不知道怎么解读这件事了——是随着千年的传颂而传颂，还是用今天的实用主义眼光去批评姑娘傻，抑或用西方的人权标准来指责她不尊重个体生命？屈指，三千年已经过去了，人类在物质上和科技上无与伦比地飞速、神速、加速，已变得完全不可同日而语，却唯

有在精神上还是止步不前，甚至退化——我们到底比古代的这位宜兴姑娘，高级了些什么又低级了些什么呢？

"史贞义女碑"原碑现陈列在宜兴周王庙碑廊。当年义救的旧地——今团氿湿地公园内，新建了摹刻的"史贞义女碑亭"，还有那位想象中的浣纱女塑像，当然是惊艳绝伦的美女。碑亭不大，只有一间民居的宽窄，也是普通民女的待遇，砖木结构，四檐两角，下设一圈围栏，虽小巧玲珑而嫣然可爱。作为老奶奶倚着栏杆，给小孙女讲述"宜兴有好女"故事的小去处，可人，足矣。

（二）
三姑娘庙：讲述着孙权与三位姑娘的故事

无独有偶，宜兴女儿舍身救人的故事，后来在三国时期，又经典地演绎了一遍。

主人公是中国老百姓皆知的东吴国主孙权，字仲谋，当然是英雄人物，以至于他的对手曹操和后来的南宋大将军辛弃疾，都说过"生子当如孙仲谋"的话。但英雄刚起步的时候也必定困窘，早年孙权在宜兴担任阳羡长时，只有15岁，一次带兵上山剿匪，因寡不敌众反被追杀，独自一人逃上一座孤山头，无路可走，更没有藏身之处。正焦急万分，幸遇三位砍柴的村姑，将他藏在柴草堆里，并骗过追来的匪徒，指让他们向山下追去。三位村姑放孙权逃生后，知道匪徒还要回来找她们算账，为了免遭侮辱，她们仨竟然紧抱在一起，跳崖自尽而死。

"世界上绝没有无缘无故的爱，也没有无缘无故的恨。"以今天的观点思忖之，是什么信念或曰精神，支撑着这三位樵女甘愿拿出自己的性命，去换回一个陌生官吏的性命呢？孙权跟她们无干无系，也不是救她们出水火的大救星，这种爱与恨是从哪儿来的呢？

这又是一个舍生取义的神话，古人把"义"看得重于生命，可以义死而不能苟活，那便是当时三姑娘所处的大的精神背景和生活环境——只好做如是猜想吧？

说来，孙权还真是个人品相当不错的人，后来虽然做了人上人，但不奉行"宁我负天下人，不能天下人负我"的极端自私自利哲学，在霸业成功之后，派人重回独山去找寻三位姑娘。当得知她们的死讯，真心悲痛与感动，亲自回独山祭奠，并建造了"三姑娘庙"，为三位樵女塑造了雕像，还立碑镌刻了她们的事迹。这也算是善始善终，对得起三位姑娘了，所以在宜兴留下佳话，一直流传至今。

有人说恶是历史发现的动力，因为恶推动着人去拼搏，去争取，去变不可能为可能。伟人也说过这样的话。也许吧？或一定是吧？但我总想：为什么千百年来所有的颂扬都献给了良善，却没有公开地歌颂恶者？说明人同此心，这是人类精神的共同泊地。不过当然，历史也在以它自己的方式顽强抵抗，做了一明一暗两本账目，明的如"义"，暗的是"利"，眼睛擦不亮是你自己的问题。

站在"三姑娘庙"前，可以看得出地处南方的吴国之富庶，年年的GDP（国内生产总值）一定不低，加上孙权真心舍得拿出纳税人的钱，所以"三姑娘庙"建造得气势宏伟。前后两座大殿，上中下三层，高高地矗立在独山峰巅，宫殿式大屋顶，八角飞檐五座门洞，还配有雕栏玉砌，简直就是大雄宝殿的规格了。南方不像北方那么正统，所有人所有事都必须按照"级别"办事，在经济发达地区，"权"有时也得给"钱"让路，我觉得这样好，能给历史留下点儿缝隙，让风吹过，也让我们从中看到了一些本真。

（三）

在岳飞生祠，我听到了岳飞夫人李娃的故事

然而，宜兴人最引为自豪的好女人，还当属岳飞大将军的夫人李娃。

　　建炎四年（1130年），岳飞在战事离乱、前妻两度改嫁的情况下，在驻军地宜兴娶渔家女李娃为妻。李夫人吃苦耐劳，能干贤惠，对岳母姚太夫人孝敬有加，对岳飞前妻所生二子岳云、岳雷爱护胜于己出，还协助岳飞将军做好随军家属的安抚工作，受到将士们的称赞和爱戴。同时，因为李娃的缘故，宜兴人把岳飞视为"宜兴女婿"而全力支持之。当建炎三年（1129年）金兀术渡江南犯，岳家军与之大战于宜兴两氿、太湖沿岸时，文质彬彬的宜兴男儿踊跃参军上阵，浴血奋战，阳刚之气凛然，和岳家军一起，把数万金兵杀得"只剩下金兀术几人仓皇逃跑"。

　　岳飞将军39岁上受赵构、秦桧所害之后，时年41岁的李夫人带着两房儿媳、两房尚在襁褓中的孙儿女们（岳甫4岁，岳申1岁，岳大娘3岁，岳二娘1岁）充军岭南，在难以想象的艰难困苦中熬过了19个严冬，最终等来了岳大将军平反昭雪的昭书。已年过花甲、白发苍苍的李夫人长跪在夫君灵位前，长长地舒了一口气，在她身后，是已长大成人、生龙活虎的一排岳家儿女。绍兴三十一年（1161年）暮秋的有一天，秋高气爽，高天明丽，李夫人带领着全家从惠州生还，回到京都后，被复原封正德夫人、晋秦国夫人，加封楚国夫人。女中豪杰李娃后来在75岁上寿终正寝，陪伴岳母姚太夫人葬于江西九江。

　　这样的巾帼英雄，惭愧我才疏学浅，过去还真不知道。现在听到了这么悲壮的故事，就心心念念，就难以释怀，就将心比心！从某种意义上说，比之疆场上的英勇杀敌，也许在庸常日子里的活受更其难堪——夫君岳飞和长子岳云都横遭惨死，天庭幽晦，前路黑阒不知，周边是瘴气弥漫和蛇蝎遍地的险恶生存环境，膝下有一群妇孺嗷嗷待哺，这样的塌天重力，全压在一个女人的瘦肩上，是何等的滋味、何等的不堪！她怎么承受得起？

　　李夫人的应答是："以吾夫之贤，可使无后乎？"就是这样的信念给了她力量，无穷无尽的力量。加上南方女人特有的聪明、勤快、吃苦、能干，终于把老岳家的香火保存与延续了下来，不仅使我中华民族的千古英雄岳飞，还有岳家的满门忠烈们，巍巍乎、堂堂乎挺立于人间，也把秦桧等小人永远地推跪在地接受百姓的审判，还使"宜兴有好女"的声名在华夏寰宇广为传颂开来。

顺便交代一句：让宜兴人自豪的是，岳飞就义，李夫人发配后，他们的儿子岳霖被宜兴人秘密接回，安家在太湖边的周铁镇唐门村。后岳霖娶妻于斯，得四子一女，从此世居宜兴，并在唐门村建起了岳飞大将军的衣冠冢和显祖庵。1990年，周铁镇建湖村党支部书记岳锡春（岳飞第30代世孙）捐出了《唐门岳氏宗谱》共24卷，是为老岳家的英雄真传。

三

"宜兴有好女"这个题目，是它自己跳出来的，之后就在我的脑海里盘旋不去。为什么？实在是因为宜兴的好女人还多着呢，说也说不完。

比如大家都知道的：

西施不慕"一人之下，万人之上"的专宠和特权，不恋皇宫里骄奢淫逸的浮华，追寻范蠡离开越王勾践之后，俩人就隐居在宜兴了。凡宜兴百姓都知道，范蠡大夫后来把他的智慧用在了研制陶艺上，西施则用温柔和细腻加以辅佐，经过千百次的试验终获成功，烧出了名甲天下的紫砂、精陶、青瓷、彩陶等等。然后，他们又将制陶艺技教给了百姓，帮助他们发展制陶生产，最终使宜兴成为著名的陶都。

孙尚香和刘备虽然是政治婚姻，但她被哥哥孙权诓回东吴且扣住不放后，终日郁郁寡欢。后来刘备死讯传来，孙尚香悲痛万分，返回封地宜兴太华山，祭天别祖后，至镇江投江殉夫，7个侍婢也跟着跳入滚滚长江。用今天的观点，"殉夫"是为封建主义卫道，应该鄙弃和批判的，但宜兴老百姓不干，他们就是要把孙尚香归入家乡的好女人行列，那么就让我们收起利剑，顺从民意吧。

祝英台和梁山伯的故事也是发生在宜兴。善卷洞后面有一古朴的碧鲜庵，庵中立有一块"祝英台读书处"石碑，附近山坡上还有一块"晋祝英台琴剑之冢"墓碑，离此不远的祝陵村，就是祝英台陵墓所在地。直至今日，天公露出特别明丽的笑脸之时，仍能看到一红一黑两只蝴蝶，在附近的山水间相携飞翔，红的是祝英台，黑的是梁山伯。侧耳倾听，从空中还传来音节起伏的清朗诗句："三载书帷共起眠，活姻缘作死姻缘。非关山伯无分晓，还是英台志节坚。"

崔莺莺、张生和红娘的故事原型，发生在宜兴鲸塘的烟山。山下烟林中学后门外，有一座大坟，人称"莺莺墩"，20世纪50年代初，当地农民曾在墩里挖到陶瓷坛罐等物。70年代，又在附近一座密封石窟坟墓中挖出一具棺材，在现场的人都见到一具女尸，穿着艳丽的古服，面目、头发俱栩栩如生，但不一会儿就风化了，极为可惜！

白螺姑娘下凡人间，天天走出螺壳，给贫穷小伙吴堪烧饭，最后和他结为夫妻的美丽传说，是我们大家从小就听到了的，但我们不知道的是，这个故事原来也是发生在宜兴的东氿河边。那故事的最后结局是，白螺姑娘施计把一贯欺压百姓的贪官烧死了，然后让老百姓都登上一张荷叶，随风漂到了宜城，所以人称宜兴为"水浮地"，也称"荷叶地"。谓予不信，请现在就到西氿河边去看一看，那里尚遗西津庙，是为纪念旧物。

以上，是大家都熟知的古代传说。下面还有大家不太熟知的近代宜兴好女人：

傅湘纫是宜兴人傅用宾之女，嫁夫谢泳。她一生最受人尊敬的成就，是教育出了两个著名儿子：长子谢玉岑在20世纪二三十年代，是浙江温州中学闻名遐迩的两位国文教师之一（另一位是词学大师夏承焘）；谢玉岑的绘画也非常有造诣，曾被张大千誉为"海内当推玉岑第一"。次子谢稚柳名气更大，是中国艺术史上记载的现当代著名书画大家，集诗文、书法、绘画、鉴定于一身，名重海内外，与徐邦达并称为"南谢北徐"。

傅学文是邵力子之妻，宜兴市归径乡人。早年在苏州女子中学、大同大学等校读书，1925年赴莫斯科中山大学学习。抗日战争爆发后，她与中国妇女运动先驱邓颖超、史良、李德全、曹孟君等宣传抗日救亡，担任中苏文化协会妇委会副主任等职。新中国成立后，曾任民革中央团结委员会委员、民革中央监察委员会副主席等重要职位。

葛琴是邵荃麟夫人，1907年出生于宜兴丁蜀镇。她1926年就加入了中国共产主义青年团和中国共产党，1927年参加上海第三次工人武装起义，曾与夏之栩、陶桓馥两位女同志一起被誉为革命的"三剑客"。解放后曾任北京电影制片厂副厂长，出版《海燕》等中短篇小说、电影剧本、散文随笔、文学评论等著作多种，是中国作家协会第一批会员。

宗瑛是宜兴徐舍镇美栖村人，她是跟着哥哥出来干革命的。哥哥宗益寿烈士在20世纪20年代即投身革命，30年代曾与陈云一起在沪西区委搞工运，后调入上海中央特科，在周恩来手下工作。1935年担任红军挺进师政治部部长（师长为粟裕），当年6月牺牲于浙江右泉，时年才28岁。哥哥牺牲后，宗瑛继续留在革命队伍里工作，解放后曾任贵州省轻工业厅厅长等职。她的丈夫周林也是一位老革命，曾任中国共产党中顾委委员、北京大学党委书记、国家教育部副部长等。

……

四

还有许多,许许多多。当地朋友一会儿想起一位,一会儿又想起另一位,七嘴八舌,争说巾帼,听得我"耳花缭乱",两眼放光,心生莲花,好生好生羡慕呀!

他们自己也是越说越兴奋,像是发现了一座价值连城的新富矿,又像是孩童之间有了炫耀和傲视别人的资本,还像是一门新的学科诞生了,更像宜兴的太阳从此永远不落了一样。青年作家蔡力武仿佛比众人更爱自己的家乡,自告奋勇去为我收集这方面的资料,并且真的在我离开宜兴时,把一叠抄写得工工整整的资料交给了我。

而当我离去时,倒恋恋不舍了。心说:"能够做个宜兴人,真够幸福的。"

我不愿意再用"人杰地灵"这个词,因为实在被用滥了。我想得来点儿新鲜的,让众人留下深刻印象最好,可惜又想不出来,只好望文生义地堆砌了一个新谚语——"女人杰,地灵甚"。相信有觉悟的中国人民都能接受,因为不管男人、女人都知道,是母亲、是妻子、是姐妹、是女性,孕育了人类,使之繁衍生息,绵绵不绝。更因为有了好女人的光辉千秋的照耀,而使满世界都呈现出一派郁郁葱葱。

我这样说话,绝不是什么"女权主义"之类,而是想到了几千年来女性所受到的压抑和苦难。因为压抑,她们的灵心慧质都被扼杀在历史的巉岩之下,人类的文明进程也因此迟滞了几千年吧!而今天,世界已不断进步,文明已不断进步,男人女人都在不断进步,很多很多、太多太多的问题,都被重新提了出来,反思、研究、纠错、校正,向好的方面九九归一——姐妹们,能够生活在今天而非中世纪的黑暗里,也是够幸福的了!

哎咦，真没想到一趟宜兴游历，竟引发了我的如此感慨。此刻，正是南方最好的时日，燕子来时，绿水逶迤，朱朱粉粉，翠峰如簇。金红色的阳光交响乐般流淌着，有时又像是人工做出的多媒体炫光，把她照耀之下的山、水、花、草、树、人、鸟、狗、猫、虫，全都辉映得通体熠熠，发出各种形状的、奇异奇幻的流光溢彩——令人恍然若梦，不知今夕何夕，不知身在何处，不知怎样感恩于人世间的幸福。

思悠悠，爱悠悠，爱到归时无始休！宜兴文友你知否：我已从你们宜兴好女人身上沾了仙气，并且带着一百二十分的满足，完美主义地告别了宜兴。

辑二 冥想蓝

伟大的文学和伟大的数学

一

我对数学，至今保持着童真的好奇。

真是要打脸了，明明都已花甲，却还敢如此大刺刺地给自己使用"童真"二字？且慢，这里面有历史原因，此处先搁下，留待本文后面再述。

先说2013年的某一日，我们几位同仁正在办公室午休。我忽然想起网上见到的颇为神奇的一道题，就展示给小伙伴们。

【题曰】"你的年龄与你的手机号存在着神秘关系，用你手机号的最后一位数字乘以2，加上5，再乘以50，把得到的数加上1763，再减去你出生年的数字，便有一组三位数的数字展现在你眼前（不够三位数的前面两位用零代替），其第一位数字是你手机号的最后一位，接下来就是你的实际年龄。"

（注：1763这个数字是对应于2013年而言，2013年以前年份的每一年依次减1，以后的每一年依次加1，比如2012年是1762，2014年是1764，2020年是1770，2021年是1771。）

于是一众人都演算起来。说来还真是神了，果然纷纷中招，都确实是那两个诡异的数字！于是，我们纷纷地都觉得不可思议，简直理不出头绪，实难悟出其中的奥妙！

然而就在此时，奇迹出现了：毕业于北师大中文系的女硕士小悦，拿着一张草稿纸来到我面前。仔细一看，我不禁倒吸一口凉气，瞬间就被镇住了——原来，她竟然把这道题用数学方程式推演出来了，为：

设手机号的最后一位数字是 X，出生年数字为 Y

$$(2X+5) \times 50 + 1763 - Y$$
$$= 100X + 250 + 1763 - Y$$
$$= 100X + 2013 - Y$$

X 是从 0 到 9 的任意数，100X 得到的数字第一位就是 X 本身。

不论 Y 是多少，2013Y 就是年龄数。

因此说，这是一个数字圈套，列式之后会发现，无论 X、Y 是多少，结论还是 X、Y 本身。

我愣在那里，半天说不出话来，只觉得立在眼前的小悦似乎都不是原来的她了。这道神秘的题，竟然能用文字和数字两种截然不同的方式呈现出来，真是太惊艳了。尤其是这简洁的数学方程式，真美丽！

就一下子又勾起了我的数学崇拜。

二

我只上到小学五年级就失学了。后来我在工厂做青工时，自学了初中的代数方程式、因式分解等，并在高考时拿到了关键的几十分。以后虽然一辈子从事新闻和文学工作，但我对数学的好奇心一直没有泯灭，对自己不懂、不会的数学题和智力测验题，还总是拦不住满腔的不甘，

辑二 冥想蓝　　　　　　　　　　　　　　　　　　　　53

总要试着去解一解。

数学真的是美丽的，同时又充满了魅惑力。比如前不久，山东一友人从微信上发来一组题：

$$2\ 2\ 2\ =6$$
$$3\ 3\ 3\ =6$$
$$4\ 4\ 4\ =6$$
$$5\ 5\ 5\ =6$$
$$6\ 6\ 6\ =6$$
$$7\ 7\ 7\ =6$$
$$8\ 8\ 8\ =6$$
$$9\ 9\ 9\ =6$$

【说明】做出一道，幼儿园毕业

做出三道，高中毕业

做出七道，可上大本

全部做出，清华北大

我立即放下手里的事，全神贯注投入其中，不一会儿居然做出了五道，为：

$$2+2+2=6$$
$$3\times3-3=6$$
$$5\div5+5=6$$
$$6\div6\times6=6$$
$$7-7\div7=6$$

以上全是加、减、乘、除，完全在小学水平区域内，简单。剩下三道，大概得用上开方、根号什么的了？我绞了一会儿脑汁，终至放弃。

又一天，微信里又飞来一组题：

$$1 \quad 2 \quad 3 \quad = 1$$
$$1 \quad 2 \quad 3 \quad 4 = 1$$
$$1 \quad 2 \quad 3 \quad 4 \quad 5 = 1$$
$$1 \quad 2 \quad 3 \quad 4 \quad 5 \quad 6 = 1$$
$$1 \quad 2 \quad 3 \quad 4 \quad 5 \quad 6 \quad 7 = 1$$
$$1 \quad 2 \quad 3 \quad 4 \quad 5 \quad 6 \quad 7 \quad 8 = 1$$

我又兴趣盎然地解起来：

$$(1+2) \div 3 = 1$$
$$1 \times (2+3) - 4 = 1$$
$$[(1+2) \div 3 + 4] \div 5 = 1$$

很快就做出了三道。这题也不难，还是在小学的加、减、乘、除里面，只是解的时候有点麻烦，得找对思路，不然就会白费很多时间，庶几于贪玩不做正事的顽童。然而这些漂亮的数学题，真的让我瞄上一眼，就舍不得丢开了。

国际数学节那天，我收到了下面这四组题图：

(1)

$$1 \times 8 + 1 = 9$$
$$12 \times 8 + 2 = 98$$
$$123 \times 8 + 3 = 987$$
$$1234 \times 8 + 4 = 9876$$
$$12345 \times 8 + 5 = 98765$$
$$123456 \times 8 + 6 = 987654$$
$$1234567 \times 8 + 7 = 9876543$$
$$12345678 \times 8 + 8 = 98765432$$
$$123456789 \times 8 + 9 = 987654321$$

辑二　冥想蓝

(2)

$1 \times 9 + 2 = 11$

$12 \times 9 + 3 = 111$

$123 \times 9 + 4 = 1111$

$1234 \times 9 + 5 = 11111$

$12345 \times 9 + 6 = 111111$

$123456 \times 9 + 7 = 1111111$

$1234567 \times 9 + 8 = 11111111$

$12345678 \times 9 + 9 = 111111111$

$123456789 \times 9 + 10 = 1111111111$

(3)

$9 \times 9 + 7 = 88$

$98 \times 9 + 6 = 888$

$987 \times 9 + 5 = 8888$

$9876 \times 9 + 4 = 88888$

$98765 \times 9 + 3 = 888888$

$987654 \times 9 + 2 = 8888888$

$9876543 \times 9 + 1 = 88888888$

$98765432 \times 9 + 0 = 888888888$

(4)

$1 \times 1 = 1$

$11 \times 11 = 121$

$111 \times 111 = 12321$

$1111 \times 1111 = 1234321$

$11111 \times 11111 = 123454321$

$$111111 \times 111111 = 12345654321$$
$$1111111 \times 1111111 = 1234567654321$$
$$11111111 \times 11111111 = 123456787654321$$
$$111111111 \times 111111111 = 12345678987654321$$

天哪，看它们排列得这么漂亮，有气势，甚至可以说震撼人心，谁能够不动心呢？不由得让我一下子产生了一连串联想。

三

联想一：这是数学还是金字塔啊？

很遗憾自己没能亲眼看过金字塔，但这当然并不耽误我的仰望。记不清是何时第一次看到它们的图片了，反正早就埋在了内心深处。是的，看到它们巍巍然耸立在一片苍茫的黄沙之上，那刀刃一样光滑利落的大斜线，历经五千年的风风雨雨，依然锋锐地切割着大漠边风，任谁都会产生被深度震撼的崇拜之情！

一位去看过埃及胡夫大金字塔的朋友，恰好是一位数学家，我从他的讲述中得知，这座埃及最高大的金字塔与数学之间，有着极复杂、极神秘、极不可思议的连缀关系，至今为现代人所解不开，思不透。用一组数学题式列出，即：

* 塔高的平方 = 塔侧面三角形面积
* 塔底正方形边长的 2 倍 ÷ 塔高 ≈ 3.1416，即圆周率 π
* 塔的重量 × 10 × 10 的 15 次方 = 地球的重量
* 塔高 × 10 亿 ≈ 1.5 亿千米 = 地球到太阳的距离
* 塔底边长 230.36 米，为 361.31 库比特（埃及度量单位），大约是 1 年的天数……

此外，胡夫大金字塔还有很多让人不可思议的神秘之处，比如塔底面正方形的纵平分线延伸至无穷处，正是地球的子午线，把地球上的陆地和海洋分成了两半，也把尼罗河口三角洲平分……

史上还有一个精彩传说：1798年拿破仑入侵埃及，战后他拜谒了胡夫金字塔，佩服得五体投地。有人给他估算：如果把胡夫以及他儿子和孙子的三座金字塔拆开，将所有的石块加在一起，可以砌一条3米高、1米厚的石墙，能沿着国界把整个法国围成一圈。

结论：可见数学是科学的先导。

联想二：这是数学还是排兵布阵啊？

小时候乱看书，最不爱看的就是打仗的内容，特别是对古人的什么"排兵布阵"看得糊里糊涂。不过也因此留下了印象，比如说诸葛亮创设的一种阵法，叫"诸葛八卦图"，是说有一次诸葛丞相御敌，以乱石堆成石阵，按遁甲分成"休、生、伤、杜、景、死、惊、开"八门，变化万端，可当十万精兵，果然就打胜了。还有公元416年，东晋刘裕发动了对后秦的讨伐战争，用上精心布设的秘密武器"却月阵"，斩魏军前锋主将阿薄干于马下，大破魏军，斩获千计。至明代，戚继光的"鸳鸯阵"也名噪一时，令倭寇胆寒。这种什么什么阵，外国也有，例如公元前30世纪的"苏美尔战阵"，亚历山大帝国的"马其顿方阵"，罗马军团的"楔形阵"……

我可搞不清楚这些"阵"是干什么的，那是热衷于军事战争的那些小男生们的最爱。不过在我懵懵懂懂的理解中，它们都跟数学有关，或者干脆说就是数学的推演，不信你看，中国古代"十大阵法图"的名称，就全部设关数字：一字长蛇阵、二龙出水阵、天地三才阵、四门兜底阵、五虎群羊阵、六丁六甲阵、七星北斗阵、八门金锁阵、九字连环阵、十面埋伏阵。这些阵在纸面上排列起来是数字，当年在地面上的实战中，是一个个士兵组成的活人队形，不是为了阵仗漂亮，而是可以使单兵作战的士兵们有个前后照应，不仅能较好地御敌，还能使拳头打出去更有力量。

结论：可知数学亦是克敌制胜的有力武器。

联想三：这是数学还是绘画（雕塑、建筑）啊？

绘画虽然是由点、线、色块组成的图形，但我们都知道，貌似在色块里面，也有伟大的数学在做支撑。20世纪70年代我在工厂做青工时，有幸听到数学大师华罗庚先生的一个讲座，他讲的是"黄金分割法"，即0.618的分割线。比如舞台上的报幕员一般都不是站在舞台正中央，而是偏在台上一侧，这个站位最美观、声音传播得最好的点，就是0.618的黄金点。华先生还举了很多例子，说在科学实验中使用0.618优选法，就能以较少的试验次数取得成功。就连植物界也自然而然地"采用"了"黄金分割法"，不信你们去看树枝和树叶，可以看到它们是按照黄金分割的规律排列着的……

这太神奇了，也很让人兴奋，我就跑去图书馆查找，倒是真有相关的介绍，可是我一"初中生"（还是只上过半年文化课的"残疾生"）哪里看得明白？只记得说，那是一位古希腊数学家发现的：有一次他在街上听到铁匠打铁的声音，非常有规律，不但不烦杂还很动听，回家之后加以研究，就发现了"黄金分割比例"。以后经过中外多少后人承继、补充和完善，一代代传了下来，被广泛运用于人类生活的方方面面……

后来过了若干年，我果然读书读到达·芬奇的著名画作《蒙娜丽莎》也是运用了"黄金分割法"，其人像的头宽和肩宽的比例即是0.618。还有与《蒙娜丽莎》画同为卢浮宫镇馆之宝的雕塑《断臂的维纳斯》，身高2.02米，她的肚脐刚好是黄金分割点，肚脐以上部分和肚脐以下部分之比约等于0.618。再后来又若干年过去，我漫步在伦敦英国国家美术馆里，看着一幅幅精彩绝伦的世界名画，听着导游的专业讲解，又一次次听到"黄金分割法"这个词组，原来，古代、近代、现代、当代的外国绘画大师们，早都遵循着这个黄金的数学法则，进行各自的绘画创作了。

不仅如此，只要举目四望，我们眼见的太多建筑，也都运用了"黄金分割法"，比如上面说到的胡夫大金字塔，还有著名的巴黎埃菲尔铁塔、上海东方明珠塔等等。

通过进一步学习，我终于搞清楚了，那位古希腊数学家是毕达哥拉斯，"黄金分割法"的定义是：

在一条线段上找一个点，将线段分割为 A（较短部分）和 B（较长部分）两部分，A 与 B 的长度之比等于 B 与全长 A + B 的比，这个点就称为"黄金分割点"，这个比例就称为"黄金分割"。用数学公式表示，即：设线段总长为 1，设 B 的长度为 X，则 A 的长度为 1 - X，可以写作：

$$\frac{1-x}{x} = \frac{x}{1}$$

$$x^2 + x - 1 = 0$$

$$x = \frac{\sqrt{5} - 1}{2}$$

即 X = 0.618

这么一加根号，我的头又有点儿大了，因为没学过，只知道它叫"根号"，看着就先有了点畏惧，索性大家和我一起只记住 0.618 就好了哈。这种学习过程中，我也算有所收获，特别是记住了一句话"科学追求真理，艺术追求美"。

结论：数学既追求真理，也追求美。

联想四：这是数学还是交响乐啊？

在所有的音乐中，我最喜欢的是欧洲古典主义交响乐。不说贝多芬、肖邦、瓦尔第、大小施特劳斯等一干大师的一干伟大乐曲，单是交响乐队气势辉煌的演出阵势，就能把人迷倒。所以我每次去听交响音乐会，都早早动身，冀望能看到乐队上场的辉煌。有时听着听着还会走神，转眼去看乐队的排列阵势，数一数出场的演奏员人数——交响乐的仪式感是必须的神配，大幕拉开之际，首先震撼我们心灵的，就是乐队那充满皇家气派的高贵阵势——绝对的"未成曲调先有情"，一下子就把全场观众"摄"住了。接下来的乐曲、接下来的心情，当然就绝对跟在家听音响是天上地下两回事了。

而这阵势是由数字组成的：大交响乐队一般由60至90人组成，也有百人以上的。乐器的数量和种类不一定严格统一，有时减少某一组乐器中的个别乐器数量，有时又加用少见的个别乐器，如钢琴或管风琴等。我最心仪的乐器不是小提琴，虽然它们的演奏者都占据着除指挥之外最显眼的位置。我的最爱是钢琴和竖琴，大三角钢琴洋气，音域宽广磅礴，有魄人的冲击力；竖琴很像中国的箜篌，看到女演奏员在它面前婀娜起伏，每每就使我想到中国古典主义的仙女下凡。据说大、小交响乐队的分野亦是由数字决定的，一个大交响乐队必须有三个长号和一至两个大号，如果只有一个长号，即使别的乐器再多，也只能算是小交响乐队。

假如在纸上看交响乐队的平面图，会发现，它跟很多数学题型的排列非常相像——我猜它们的滥觞就是由此吧？

结论：可知数学是具有仪式范儿之大美的。

联想五：这是数学还是舞台艺术（行为艺术）啊？

舞台艺术，尤其是大型歌舞、大合唱、大型团体操表演，更离不开数字的排列组合、数字的分分解解、数字的无穷变换了。长方形居多，也有正方形、矩形、圆形、半圆形，有时还有跟上面四组题图一样的梯形。这种种由点组成的线段和形状，在舞台上呈现出多姿多彩的美丽场面，它们的"龙骨"就是美丽的数学。

我犹记得中国歌剧舞剧院上演的《阿伽门农》，其舞台是梯形的，从舞台的最后边一直延伸到大幕前沿，巧妙地把人物、故事情节、表演等元素从 Long long ago（很久很久以前）的历史深处推到了观众眼前；也把两千年前发生的古希腊悲剧重新活灵活现地呈现在今天的中国——是艺术之功，也是数学之功。

结论：可知数学也是艺术的骨架。

联想六：这是数学还是诗歌（文学）啊？

终于说到我的本行了，对，文学，包括诗歌等在内的各种文学体裁。为节省篇幅，此处只借诗歌一说。

那些由阿拉伯数字组成的题图，一眼扫过去，多么像一首首诗和词。尤其像宋词。感谢柳永的开创性写作，打破了小词小令的狭小格局，把"宏大叙事"引入词的创作中，运用长短句相结合的方式，组成了《雨霖铃》《望海潮》《八声甘州》等有节奏的结构方式，起伏，跌宕，闪挪，腾飞……啦，啦，啦，啦，循环往复，从起点出发，摆向终点，又恣意停泊在任何一个节点上，做心绪与灵魂的整修和省思。神奇的是，柳永还有意在词作中加入了一些数字，果然就收到非常感性的鲜灵灵的效果，比如其代表作《望海潮》：

"东南形胜，三吴都会，钱塘自古繁华。烟柳画桥，风帘翠幕，参差十万人家。云树绕堤沙，怒涛卷霜雪，天堑无涯。市列珠玑，户盈罗绮，竞豪奢。//重湖叠巘清嘉，有三秋桂子，十里荷花。羌管弄晴，菱歌泛夜，嘻嘻钓叟莲娃。千骑拥高牙，乘醉听箫鼓，吟赏烟霞。异日图将好景，归去凤池夸。"

其中的"十万人家"，瞬间就铺开了昔日钱塘（今杭州）的大都会气势；"三秋桂子，十里荷花"，画面感顿出，使绿树红花摇曳眼前，美不胜揽。试想，若把"十万人家"写成"百姓人家"，把"三秋桂子"写成"清秋桂子"，把"十里荷花"写成"映日荷花"，皆不如直接用数字来得生动可感。

更著名的例子是杜甫的《绝句》："两个黄鹂鸣翠柳，一行白鹭上青天。窗含西岭千秋雪，门泊东吴万里船。"四句诗，句句都有数字嵌在里面，其灵动的悦然感和博大的时空感直铺天地，使宇宙、空间、大自然及人类历史都包含在内。何况这首绝句只有四七二十八个字，恕我孤陋，不知世上还有哪种文字能做到这么精绝。

抒情诗则从形式上更接近于美丽的数学图形，无论古今，不分中外。让我们不妨大胆想象一下，全世界第一位写下抒情诗（包括史诗）的作者，也许他是一位盲人歌者，也许他是一位氏族首领，也许他是一位牧羊人，当他活得欣喜、高兴、亢奋，抑或悲伤、难过、痛苦时，实在抑制不住满腔的汹涌情感，非要吟唱出来时，他是否从结绳计算的排列中得到了启示？是否从他的羊群队列中得到了启示？是否从雨后彩虹的图形中得到了启示？答案是：很有可能啊！数学和诗歌（文学）都是人类的高级精神活动，都是人类发现世界、认识世界、创造世界文明的工具。如果说一首诗歌的情感支点是一道绚丽的飞天彩虹，那么上面那道题图的排列，12345678987654321，不也是一道雨霁初晴后挂在蓝天上的抛物线吗？难怪有人说："文学艺术的极致是宗教，数学和物理的极致是哲学。"这分明是说，形而上与形而下合二为一，统成为一个世界。这也让我联想到最能体现中国文化精神的那个图形（太极图），黑鱼与白鱼合而为一，构成了一切的一和一的一切。

结论：可知数学和文学都是那个"一"。

四

正如今天的所谓文学体裁——小说、诗歌、散文、报告文学、戏剧、评论、理论……都是人为的主观划分，其实在形而上世界，它们并不分派，也无门庭，而是自由自在的混沌的一团；而我相信，在上帝那里，也并无文科、理科之分，并无数、理、化、医、文、艺、心理学、教育学、法律学、哲学、伦理学、宗教学，乃至工、农、商……的区别。所有这些分野，都是人类为了方便自身的操作而建造起来的一座座小房子，它们不代表本质，也并非事物的本质。

不是，上帝不是这么安排的。我揣测，上帝的本意是让我们都做达·芬奇那样的人，这位欧洲文艺复兴时代的巨擘，一人身兼着科学家、发明家、画家、雕刻家、军事工程师、建筑师、生物解剖学家、物理学家、数学家……在他那里，科学与艺术之间，数学与绘画之间，就好似日月经天、晨夕雨露一样相衔交融，共生共荣。他老人家留给人类的瑰宝，可不只是《蒙娜丽莎》《最后的晚餐》，还有菱方八面体绘图、人体和动物骨骼图形、人类史上第一个机器人、直升飞机设计图、单一跨距达240米的桥梁草图、连续自动变速箱草图、潜水艇、机关枪、坦克车、子母弹、降落伞、潜水装、机械计算机的齿轮装置……同时，达·芬奇的七弦琴也弹得相当棒，他首先是作为音乐家在米兰出名的。呵呀，盛名之下，名至实归，所以，他被誉为"人类历史上绝无仅有的全才"。

本杰明·富兰克林是美国18世纪最负盛名的政治家、科学家、音乐家、出版商、印刷商、记者、作家、外交家、发明家、慈善家，曾出任美国驻法国大使、美国第一任邮政局长，被选为英国皇家学会院士，他是全世界最早提出"电荷守恒定律"的人，发明有避雷针、双焦点眼镜、蛙鞋……富兰克林也不是一般人啊。

在咱们中国，也有很多位老祖宗是这种全才型的大师巨匠，比如：南朝祖冲之大师，首次把圆周率准确推算到小数点后6位，比欧洲早了1000多年，还造出指南车、千里船，同时还制成《大明历》；北宋沈括大师，在天文、数学、医药、生物、物理学等多学科都成就卓越，还有《梦溪笔谈》等40多种著作；元朝郭守敬大师，一身而为天文学家、数学家、水利学家，他制定出的《授时历》通行360多年，是当时世上最先进的历法；明朝徐光启大师，是中国向西方学习科学的先驱，不仅自己著述《农政全书》，还有译著《几何原本》……

这些如雷贯耳的大师，也是都早早就出现在我们的小学课本里。不，应该说是永远镌刻在中华民族和世界文明史的丰碑上！

或曰：他们也都不是一般人，我们可做不来呀！

然而且慢，这可不能成为我们的借口。芸芸众生虽然平凡，但也必须在各自的人生之路上，夙兴夜寐，筚路蓝缕，鞠躬尽瘁，百折不挠，尽量活出自己的精彩、做出属于自己的一点点贡献来。这也是老天爷（上帝）的安排，不然他老人家就不会让我们从小就又读语文，又读算数，又读外语，又读画画，又读常识，又读体育；稍长，进入中学，又学文学、外语、代数、几何、物理、化学、生物……老天爷期望我们人人都受到全面教育，人人都争取做全才型的有用人才。

是的是的，你又要给我举那几个著名例子了：胡适、陈寅恪、钱锺书、季羡林等的数学成绩都不好，可都没妨碍他们成为国学大师。呵呵，且不言这些传说是否带有添油加醋的成分，单说举目所见，更有多少文学大师、艺术巨匠曾经是门门功课顶尖的学霸，不然他们是怎么踏入大学校门的呢？据我所知，有不少文学家、艺术家、史学家、哲学家、教育学家……都终生对数学充满了热忱，有时候实在手痒痒了，还会像音乐家弹上一曲一样，拿起数学题过上一遍瘾。

曾看过数学大师丘成桐先生的一篇讲演，他是这样说的："数学之为学，有其独特之处，它本身是寻求自然界真相的一门科学。但数学家也如文学家般天马行空，凭爱好而创作。故此，数学可说是人文科学和自然科学的桥梁。"

他还说到他自己的工作经验："广义相对论提出了场方程，它的几何结构成为几何学家梦寐以求的对象，因为它能赋予空间一个调和而完美的结构。我研究这种几何结构垂三十年，时而迷惘，时而兴奋，自觉同《诗经》《楚辞》的作者和晋朝的陶渊明一样，与大自然混为一体，自得其趣。"

丘大师的话多么令人惊讶，真让我们难以想象！单凭这一篇讲演，他就可以说是文理兼优的典范。悉心想来，在我们身边，这样的"普通人"也是大有人在的，比如我认识的两位中青年文学评论家，一位大学本科是学化学的，那是其身为化学教授父亲逼迫的结果；而到了大学毕业，孩子成熟了，能够自主自己的人生了，他就毅然报考了文学专业研究生，使自己成为热爱专业的从业者。另一位大学读的是计算机，后来研究生、博士生都改读文学，也成为潜入个性追求之海的畅游者。我曾对他俩说，你们比单纯的文科生更幸福，因为你们兼有理科和文科两副眼镜、两副思维方式，所以你们能比单一的我们更洞察，更深刻，也更广阔……

还有一个更兜底的例子：我曾亲见吴冠中、李政道二位先生做了一个小游戏——李请吴画出他心目中对高能物理世界的畅想，他自己则写了一篇对吴画作的"理工男"解读。结果皆大欢喜,对世界全方位的认知与理解,深奥的物理学与神秘的艺术学浑然天成,在那神圣的云端高处,共生出一道交织与共的跨天彩虹。吴冠中先生兴奋得像小孩子,把那幅满天星的画作制成大幅印刷品,赠给理解他和不太理解他的大小朋友们……

五

然而,呼啸奔腾的时代列车一直没有停下,反而在经历了绿皮车、动车、高铁、磁悬浮之后,又向着光子、量子、超光速等新的阶段发起了冲锋——野心勃勃的人类,自从20世纪90年代进入互联网时代以后,甚至已不会停下前行的脚步;甚至更以十倍、百倍、千万倍的热情和野心,加速、再加速地推动自己驰骋、奔驰、腾飞!短短二十余年,放眼地球上的大部分区域,已全面进入了数字化世界!

数字已经改变了一切。即使再不喜欢数学的胡适、陈寅恪、季羡林们,也必须皱着眉头,拿着自己的身份证、老年卡、医保卡、社保卡、银行卡……一遍又一遍地、不厌其烦地侍候着这些"小霸主",它们脸面上那一组组数字,即是作为社会人的生物属性、物理属性、文化属性、社会属性……乃至身份、职业、级别、地位、财产、身家性命。谁也逃不过数字的魔爪。甚至,包括被文化人认作比生命还重要的文史哲经典,它们统统都已通过数字化方式,在这个世界上取得了新的、恒久的生命形态。

不禁想起了自己当年的愚蠢。大约是在1991到1992年,北京作家群里有勇于吃螃蟹的先行者,在同仁间号召学习和使用电脑,当时是最初级的286。我也接到了热心人士的电话,但面对人家的热情洋溢,我的第一反应是排斥,觉得那是理科人士的事,对我来说学起来太麻烦,浪费时间，对写作也没什么推动。可笑的是，当时包括我在内的一干作家们，差不多第一个问题都是傻傻的"电脑能比手写快吗"？……

今天，电脑之后是智能手机了，写作甚至可以不通过文字，直接对着手机的录音功能说话就是，不过这还是主体性写作，作品还属于个体的创造性思维活动。惊骇的是，软件工程师们竟然还发明出了写作软件，只要输入几个词（名词，动词，形容词），哪怕毫无句子和意义上的关联，计算机都会在比人脑快得多的时间内写作出一首诗、一篇散文和小说。我在报纸上读到过这种作品，说实在的，文笔还不错呢，有些词汇用得相当漂亮，逻辑和结构上也无大毛病，若不告诉你底细，还真看不出是电脑的作品。

那么，电脑会取代人脑吗？

文学终将会被数字吞并吗？

不会！我认为绝对不会！伟大的文学与伟大的数学是双雄并峙的两座高峰，数字可以将文字技术化，但永远不可能取代文字，因为伟大的文学首先需要的是思想，而思想的诞生必须是在人生的经历、心怀、胸襟、境界、视野等的丰厚土壤中才能破土而出，茁壮成长的。好比我最推崇的千古第一至文《岳阳楼记》，虽然前面写景部分的语言丽朗俊逸，超凡脱俗，比如"衔远山，吞长江，浩浩汤汤，横无际涯"，又如"至若春和景明，波澜不惊，上下天光，一碧万顷"……这些句子皆大美，但也许除了范仲淹，别的文章大家也能写出来（从理论上推算，计算机也存在着可能性）；但"先天下"的伟大思想，只属于襟怀里装着天下苍生的范公，即使再过一千年，也绝对是任何技术性写作"创作"不出来的——世间只有一座珠穆朗玛峰，你想用计算机去3D打印，谁也知道，这可绝对造不出来！

六

然而数字不服气！迄今为止，在它面前还未有打不败的对手。还记得柯洁大师的豪言吧，2016年6月，人工智能"阿尔法狗"以4比1战胜了韩国顶尖棋手李世石，观赛后，中国冠军柯洁自信心满满地放言："即使阿尔法狗赢了李世石，也赢不了我。"可惜不到一年时间的2017年5月，柯洁便以0比3的战绩败下阵来，失态地在计算机冷面狗面前号啕大哭。

其他科学家们也表示了不服。2020年5月初，我惊悚获悉，德国科学家（其实是中国青年科学家潘辰琛为主要研究者的德科学家A·E教授团队）突然对外宣布，他们成功开发出了一种新型算法DeepMACT，使人类终于首次看清楚了全身所有癌症转移灶，包括每一单个癌细胞转移灶。它的意义在于，或许在不久的未来，人类将迎来历史性的突破——攻克癌症！

不仅如此，科学家们还借助计算机，相继攻克了生命学、基因学等等核难度级的一系列技术，比如人造心脏、人造血液都已研制成功。更惊人的是，美国科技狂人马斯克又爆出一个大料，他的团队正在研发脑部芯片移植，期望能够实现人脑的远程遥控，这也就是说，将来有可能在人一觉醒来时，狂喜地发现自己已经掌握了好几门外语！数学水准也一下子从小学飞升到博士后！

简直不敢往下想了，若咱们肩膀上的脑袋里被植入这样一个人工芯片，保不齐哪天，咱们也能写出《复活》和《悲惨世界》！

没有做不到，只有想不到。

2020年5月4日，我与天津散文家谢大光兄通电话，讨论文学与数学问题，双方都觉得甚为有趣。

谢:"是的,大体可以说,世界是由数学组成的。你看我们的衣食住行,包括你每天穿几件衣服,吃几碗饭,都离不开数学。"

我:"物质世界如此,那么精神世界呢?"

谢:"精神世界也一样,包括内心、情绪、情感……就拿你来说,你一辈子与作者相处,一次两次,七次八次,有的就处成了朋友。然而,是不是接触的次数越多就越好呢?显然又不是。"

我:"对的,朋友不能天天腻在一起,作家尤其是,文人易散不易聚。梅特林克也说过,'我们相知不深,因为我不曾与你同在寂静之中。'相反,有些时候,几年都没联系的朋友,拿起手机一说话,却像昨晚才分手一样。"

谢:"多与少,从数学问题变成为哲学问题,归根结底又变成文学问题。有时候你看着很高妙的一组数字,觉得头大,但谜底一揭开,原来是很简单的答案。文、史、哲同理。"

我:"所以,世界虽然是由数学组成的,但我认为,数字化世界的许多奇思妙想,是来源于文学的,来自于文学想象。比如机器人、飞行器等很多科学物件的发明,是受到了《山海经》《西游记》《海底两万里》《哈利·波特》等的启示呀。"

谢:"嗯嗯嗯,有意思。我认为,数学(代表它背后的物理、化学等一切自然科学学科)是客观世界的客观存在,人类的任务是去不断地研究和发现它们;而文学(包括历史、哲学等一切文科)是由人创造的,没有人就没有文学,所以才说文学是人学。我同意你的说法,也许确实可以说文学是数学的源泉?至少,文学可说是点睛需要点的那最后一笔。"

大光兄的这个观点真是太妙了,我认为非常恰当,智慧,切入肯綮。大光兄也被自己的思考点燃起来了。我俩都进入了兴奋状态,约定各自回去,再继续思考,再提问,再追索。

事也凑巧，当晚，吴周文老师也从扬州大学发来微信，提出他的见解："世界是数字构成的。自从1996年人类发明信息'高速公路'之后，人类才真正把握了这个由数字奇妙结构起来的世界。然而归根结底，文学是灵魂。"

吴老师也是中文系出身，哈，我们三个文科生，对数学与文学的认识略同。当然，我们仨说得也许都不准确，或者干脆都是不严谨的外行话。不过这有什么呢？科学和文学都需要探索，即使我们只是提出了浅陋的疑问，也是好的哦，因为可以引起大家的关注和思考，促成同仁们的共同提升。

那么，文学到底是什么？数学到底是什么？文学与数学的关系到底是什么？目前看来，假若用严谨的理论来条分缕析地阐述清楚，还真不好说。那么，请允许我放开想象的翅膀，借用文学语言来表述一下我的理解吧：

文学是人类精神的灯塔，数学是自然世界的空气。

文学是照亮心灵的阳光，数学是灌注大地的江河。

文学是一览众山的泰山，数学是无限风光的华山。

文学是引领文章的导师，数学是统率科学的教父。

文学是太阳系的聚光灯，数学是银河系的众星辰。

文学是天际线的梦与幻，数学是地平线的苦与甜。

文学乃"经国之大业，不朽之盛事"，数学则是一切自然科学的成功之母。

"天地玄黄，宇宙洪荒。日月盈昃，辰宿列张……"在往文学泰山奋力攀登的一路上，不时回首仰望数学华山之巅，高山仰止，景行行止。

伟大的文学！伟大的数学！

一个记者是怎样炼成的

一

古往今来,岁月匆匆,人物匆匆。人生就像是一粒纽扣,缀上新衣服,用旧了扯下来,然后以旧换新,然后日夜更替,然后绵绵瓜瓞,然后沧海桑田。

在这些匆匆而过的"然后"里,每个人的一生都充满着幻想、憧憬、追求、奋斗、艰难、坎坷、折腾、折磨,乃至沮丧和绝望。古今中外,无论是帝王将相与英雄豪杰,还是如你我一样的平头百姓,概莫能外,谁也逃不过老天爷的掌心。而从另外一方面说,这也是上天对人类的锤炼吧,每个人都有过筚路蓝缕的搏击,都在争取最好的前程,都是从九九八十一难中穿越过来的,你看那个纯真呆傻的唐僧,难道不是我们每个人的原型吗?

忆及我年轻时的岁月,更多的是学、思、琢、磨、自责、觉悟,不懈地反思自己。记忆最深刻的,从不是登台领奖的辉煌,而是"走麦城"和"失街亭"。如果能让我重新"匆匆"一次,我相信自己肯定能比那时的得分更漂亮一些——然而人生,哪儿还有重来的?

二

　　只有回忆是可以重来的。可是现在，每当我回顾自己的职业生涯时，不知为什么总有一种失重感，垂直着就会坠入倾斜之中，尽管我对自己新闻人的职业，一直是无比热爱和极为自豪的。苍天在上，各路神明，我这一生最要庆幸的两件事：一是1978年恢复高考时有幸赶上了那班车；二是毕业后即进入光明日报社，做了一名文化记者和文学编辑，一干就再未离开，全心全意、真心真意、诚心诚意、热心热意地做了32年，直至退休。

　　只是我的起点太低了，上大学那年已24岁，毕业时进入新闻行业已28岁"高龄"。我家祖祖辈辈，连亲戚朋友在内，都没有一位跟新闻行业沾过边，真正是一张白纸，一穷二白。工作是完全陌生的，连什么是"导语"都不知道，一切从零开始，就像四年前迈进大学门时，学英语是从A、B、C、D等26个字母学起。不过，真的没有什么了不起。

三

　　新闻学的A、B、C、D是五个W，即：When（何时）、Where（何地）、Who（何人）、What（何事）、Why（何故），通俗说就是时间、地点、人物、事件、原因。那时没电脑，一切采访靠腿勤、手勤、脑勤，勤能补拙。勤我倒不怕，就像"东天太阳升"，就像"大河日月流"，勤快、勤奋、吃苦、耐劳，本来就是我们这一代人的强项。不过其中有一"勤"，确实是我所害怕的，即"口勤"，作为记者，你得会说话，会问，会让你的采访对象滔滔不绝地跟你说，把他的家底一一都倒出来。对于从小性格内向、不善言辞的我来说，最喜欢的就是爱说话的采访对象，有的人生性外在，你问一个小小的问题，他就能打开话匣子，把你想问的和不想问的全都哗啦啦地倒给你，此时你只要拿着小本记就行了。所幸，这世上绝大多数的采访对象，都是属于这种人。

那时我采访次数最多、采访时间最长的著名作家，是叶君健先生。那还是在1983年，我刚做记者不久，我的领导金涛同志给我派的任务，当时有一家出版社想做一批文化老人的挖掘整理工作，还提供了录下声音的磁带。于是，我骑着自行车，一次次去到北京北海公园东邻的恭俭胡同，在叶老那个灰墙灰瓦的小院子里，听他讲从家乡湖北省黄安县（后改为红安县）大山里走出来的故事。

叶君健先生是我国著名学者型作家、翻译家，他翻译的《安徒生童话全集》在中国家喻户晓，我从小就读过《稻草人的故事》，印象极深。万没想到自己长大后竟然能安静地坐在这位大家的对面，听他娓娓道来。我大长见识，由此才知道红安县是著名的革命摇篮，从那里走出了共和国的二百多位将军，有14万人为革命流尽了最后一滴血。满头银发、身材高大、玉树临风、温文儒雅的叶老，一派学者风度，竟然也曾是一个整日拾荒、砍柴却仍吃不上、穿得破的贫苦农家小黑孩，靠着顽强的生命力和苦苦挣扎，才在苍茫茫大山的佑护下活了下来。后来竟于1932年考上武汉大学外文系，主攻英语并开始了文学创作。他还自修了世界语，用那种独特的语言创作了多部短篇小说，在世界语文学史上留下了炫彩的一页。1999年叶老辞世，留下了代表作长篇小说《土地三部曲》，展示了自辛亥革命前夕到五四运动期间，中国社会各个阶层的大变动、大动荡、大革命和巨变。在翻译安徒生童话的间隙中，他自己也为中国孩子们写出了多篇中国童话。我至今记忆尤为深刻的一句话，是叶老说"在国外，只有大作家才有资质写童话，因为这是会影响孩子们一生的大作品"，这句话令我震惊非常，极大地升华了我对儿童文学作品的认识。

1999年叶老辞世，享年85岁。后来曾经友善接待我的叶老夫人苑茵女士也走了，她也是英语翻译家，和叶老真有夫妻相，也是身材高挑，气质端庄，待人文雅洁净。在我们访谈的数十个小时中，夫人只是来倒茶换水，从不插话打扰，并且每次我告辞时，都跟叶老一起将我送出小院门外，看着我骑上自行车，叮嘱我"注意安全"。

至今，我每次路过恭俭胡同那一带，脑海里都还会浮现出这一幅美丽的图画：长长的窄窄的灰色胡同里，纱幔一样洒下丝丝金红色的阳光，我骗腿儿飞身骑上自行车，轻快地朝胡同口驶去，飘浮在头顶上的白云追随着我，在我身后拽出一串长长的光影……

四

记不得是外国哪位名人说过，如果一个人的本职工作和他的兴趣爱好能够叠加在一起，就是上帝对他的眷顾。很有幸，我刚好是被上帝照拂的人，据说在古往今来，据说在海内海外，这种"幸运儿"是极少数。一想到这一点，我就会双手合十，叹出长长的一口幸福气，暗暗对自己说：韩小蕙你何德何能，怎么就会得到这份稀有的恩赐？

季羡林先生曾一字一句地纠正我文章中的错误，那是我顺手把"先天下之忧而忧"多写了一个"人"字，在一般人看来这并不严重，但季老竟然专门给我写了一封信来纠谬，令我羞愧难当，为自己浪费了老人家那么宝贵的时间而自责不已。先生还曾在我就"散文的真实性"请教他时，又认真地写了一封回信，手把手地教导我："常读到一些散文家的论调,说什么散文的窍诀就在一个'散'字,又有人说随笔的关键就在一个'随'字。我心目中的优秀散文,不是最广义的散文,也不是'再狭窄一点'的散文,而是'更狭窄一点'的那一种。即使在这个更狭窄的范围内,我还有更更狭窄的偏见。我认为,散文的精髓在于'真情'二字。"

我第一次采访张中行先生,是在北京沙滩高教社内一间朴素得不能再朴素的房间,门上挂着半截儿白布帘,屋内有4张木头桌子,其中有一张是属于张先生的,这就是老人家的办公室。当时行公(这是当时文化界和出版界内比较亲近的人对张先生的尊称)已经将近九秩,出版社还是不放他退休,几乎是"强迫"他续聘,因为在语文教材的最后把关上,只要行公在,高教社就是吃了定心丸。然而令我大为震惊的,是在长达4个小时的谈话中,行公反复强调的就是一句话:"我这辈子学问太少……"他心目中的大学问家是王国维先生,这是他一辈子追随的导师,是他永远比肩学习的高山,这些肺腑之言深深打动了我。还有一点印象深深的,是这位学贯中西、当时名动全国的行公,说的话全是朴实得不能再朴实的"老百姓话",比如"男的""女的"而非"男性""女性",即使在文章里也这么写。行公一辈子没当过官,一辈子保持着布衣本色,从言谈举止到吃穿用度,活脱脱一位胡同里的老大爷样貌,即使暴得大名以后也依然故我,他一点儿也不觉得"掉价",反而十分厌恶一阔脸就变的装蒜之徒……跟这样的大儒打交道,我觉得除了在学问上跟不上着急、羞赧之外,其他所有的都是如沐春风,从心里往外踏实。

吴冠中先生给我的教诲,不是他的绘画技艺,而是他对文学艺术的忠诚度,为此他不惜燃烧自己的血肉,可以连续不吃饭不睡觉,也要完成心中的作品。在已经成为中外闻名的大画家之后,他依然不停顿地在艺术田野上筚路蓝缕，呕心沥血地寻找着创新的突破点，从来也没有满足的时候，从来也没有停下来歇歇的打算。在吴先生面前，你不能有丝毫懈怠之心，所有人，永远都会被激励着往前走。

五

从外表上看，蒋子龙主席不苟言笑，似乎不太好接近，但听他长谈之后，我深切感受到了他痛彻肺腑的心事，那是他对国家大工业体系境遇的忧懑之情。他曾经工作过、为之自豪的天津重型机器厂，是国家八大重型机械厂之一，也是天津第一万人大厂，后来却在大时代的动荡里夭折了，变成荒草摇曳的一片工业废墟……

这在我心里引起了大狂风、大暴雨的大击打，因为与我当年工作过的工厂太相似了！我的工厂是代号774的军工厂，曾是排名在首钢之后的北京第二大工厂，条条现代化生产线曾是新中国电子行业的"天花板"。那时候，跟谁家有在"天重"工作的人能引起三条街的羡慕一样，谁若能娶到我们厂的女工，也是可以夸耀三条街的事。可是后来我们厂也跟"天重"一样，被时代雨打风吹去了。由此，我跟蒋子龙先生"心有戚戚焉，然心戚戚矣"。

中国作家中，出身工厂的作家寥寥，似乎只有肖克凡、樊希安、杜卫东、唐朝晖等几位，所以描写工业题材的作品很少。我期待能多有像蒋子龙《农民帝国》一样重量的工业题材大作品传世，当然，前提是中国强大的工业体系自立于世界民族之林。

六

其实中国早年就有一部重磅工业题材长篇小说问世，这就是张洁的

《沉重的翅膀》,所以这就要说到张洁了。最让我心刀剜一样痛楚的是她的去世,原来在北京和平门市文联的红顶楼,张洁把她的家布置得多么温馨且有艺术气质。钢琴上摆满了她获得的各种最重要的奖牌,张洁从不炫耀她的成就,以至于只有很少人知道早在1989年,她就获得了意大利马拉帕蒂国际文学奖,这个奖一年只授予一位作家,博尔赫斯、索尔·贝娄等都是其得主。后来张洁又获得了意大利骑士勋章,以及德国、奥地利、荷兰等多国文学奖。1992年,张洁当选美国文学艺术院荣誉院士,这是至高的荣誉,因为这院士全世界只有75人,不增加名额,去世一人才增补一人,获此殊荣的中国作家只有她和巴金。张洁也是我国第一位获得长篇、中篇、短篇小说三项国家奖的作家,也是唯一两度获茅盾文学奖的作家,真正的巾帼强过须眉呵。

张洁当然很珍惜这些荣誉,但在她心目中最压重的,还是自己的作品。我亲眼看见她用写诗歌和散文的方式写长篇小说,也就是说,一个字、一句话、一个标点符号地"炼",再三再四地修改,《沉重的翅膀》大改了四次,以至于累得住了院;《无字》写了12年,12个春花秋月夏暑寒冬!两度获茅奖以后,她也并未放下笔,为了又一个长篇,她竟不顾年事已高,浑身病痛,只身去了远隔千山万水的秘鲁,到古老部落里寻觅人类文明的源头与真相,这是冒了生命危险的,行前她非常清楚,也许自己就回不来了,但她还是义无反顾地上了路……倒数生命的十几年、二十几年,张洁一直在外面漂泊,这里面的种种缘由,也许有一天终会大白于天下。

张洁实在是太优秀了,白纸黑字,为我们留下了那么多文学珍宝,够我们的孩子、孙子、子子孙孙阅读与研读。她是中华民族走到当代的一个不可多得的女作家,其灼灼的艺术光芒永不会熄灭——每念及此,我心痛,喘不上气来,我坚信她的骨灰终有一天会回到故里,不然老天爷也会看不下去的。

张洁不许我们喊她"老师",只准直呼"张洁",并结结实实地砌了一堵墙,挡住我们的任何"反抗"。这曾经在很长一段时间里,给我造成了相当的不适应,你说,北京人是多么讲究长幼尊卑礼节的人群,从小在这种氛围里长大的我,怎么也做不到直呼"张洁"呀。但后来,在她的本真、不装、不自我感觉良好、不毫无厘头地傲视别人等的一派纯粹面前,我,还有几位女作家闺蜜,都撞得头破血流。我们只好从命,大家一起互相努着劲儿,喊出她的名字。以后随着情感的递进,最后也竟渐渐变得行云流水般自然和流畅了。

2022年春节前,她突然去了天堂,而仅仅在数周前,我俩还在电子邮件里互致问候。坚韧而又自尊的她,只说她"老得快走不动了",并未道出一个字一句话的病痛。一辈子自尊自爱、自强不息的张洁,魂兮归来!

七

美丽文雅的作家凌力大姐,是我年轻时期的"精神支柱",对我的三观,乃至做人做事业,都产生过重大影响。

初识是20世纪90年代初,一次去往四川的笔会,我有幸与她"同居"了十多天。这位出身于将军之家的文学才女,前后写出了《少年天子》《暮鼓晨钟》《倾城倾国》《北方佳人》等优秀长篇小说,也是获奖无数的大作家。然而她最吸引我的,还是她的处事态度,洞明世事,不躁不急,守己修身,我行我素,真可谓出污泥而不染的一朵莲花,而且高贵。那一次笔会,队伍庞大,成员芜杂,不免闹出种种动静,每逢此时,凌力大姐即不动声色地把大家"拐"到背诵唐诗宋词的"课程"中，"蜀道难，难于上青天""两岸猿声啼不住，轻舟已过万重山""东风夜放花千树，更吹落，星如雨""怒发冲冠，凭栏处、潇潇雨歇"……凌力这种处乱不惊、持高守节的境界，对于还年轻毛躁的我而言，真像遇到了一尊佛，一颗心立刻安静下来。后来的好多年里，每当我毛躁时，想想凌力大姐那张安详的脸，宁静便会涌上心头，乌云即被驱散，换来一片霁月风光——此即我前面言及"精神支柱"的缘由。

不过，总是有天使般笑靥的凌力大姐，也对我下过一道"封杀令"，即要求我不论何时、何种情形下，都不要写她，即使在综合性新闻中也不要提及她的名字。一个人淡泊名利至此，也是中国文学界独一份吧？凌力只用她的作品说话，说来她并不是文学出身，她的专业是清史研究，生前所在单位是戴逸老先生掌门的人民大学清史研究所。因此，在一片花里胡哨的清宫"戏说""传说""宫斗""后宫斗"的编造中，凌力的作品才是最经得住历史检验的正剧。然而在波汹浪涌的清宫戏中，一直未见有过凌力的一部作品，有一次我问她为什么，凌力大姐微微一笑，淡若轻风地说："也有好多人来找过，但我怕作品被胡乱糟蹋了，一直没答应……"

八

时间真像汩汩流水，几十年，一瞬间，就凶狠地流走了。回忆像洪峰，滚滚滔滔，一浪接着一浪，大浪淘沙。太快了，太猛了，岁月的利爪在心灵的日暮上抓挠了几下，我的角色就已由亲历者，变成了如今的讲述人。

"林花谢了春红，太匆匆！"望着蓝天上游行的猎猎白云，我的思绪越扯越长，不由得飞到了北京城内的各个地方，沙滩、南小街、红霞公寓、和平门、安定门、东土城路……那些曾是中国作协的办公地和宿舍，住过许多著名的前辈作家，我曾在那里结识和采访过臧克家、秦兆阳、冯牧、荒煤、刘白羽、牛汉、林斤澜、汪曾祺、李国文、邵燕祥、牧惠、唐达成、鲍昌、黄宗江、黄宗英、黄宗洛、谢永旺、叶楠、李瑛、邓友梅、从维熙、刘心武、谌容、张洁、凌力、史铁生、张凤珠、柳萌、赵大年、丁宁、陈丹晨、韩少华、陈四益、童道明、郭启宏、袁鹰、蓝翎、姜德明、雷抒雁、鲁光、张守仁、蔡葵、阎纲、雷达、张韧、曾镇南……他们中的大部分人，都已驾着祥云飞去了天堂，也有生命力顽强者还留守在葱茏大地上加持着我们，更有几位文学生命力特别顽韧者还在坚持写作，一篇篇、一部部，像一封封被生命科学院嘉奖的喜报，不断带给我们惊喜！

"不思量，自难忘。"我的思绪又飞到了建国门、永安里、三里河、皂君庙、北大、清华、北师大、学院路……那里是中国社科院、各大名校的办公地和宿舍，我曾多少次进进出出，采访过茅以升、冰心、季羡林、金克木、张中行、邓广铭、吴冠中、冯至、叶君健、邓云乡、戴逸、贾芝、周汝昌、张世英、朱寨、洁泯、袁可嘉、黎先耀、柳鸣九、吕同六、王树人、谢冕、郑欣淼、张炯、杨匡汉、宗璞、范用、屠岸、刘锡庆、葛兆光、李文俊、高莽、楼肇明、何西来、杜书瀛、陈漱瑜、蔡葵、林岫，以及汤一介和乐黛云夫妇、刘梦溪和陈祖芬夫妇、林非和肖凤夫妇、王德厚和赵园夫妇、陈恕和吴青夫妇、徐城北和叶稚珊夫妇……他们的学识、为文、做人和各自持守的生活态度，都令我敬仰不已，学到了很多。

"思悠悠，恨悠悠，恨到归时方始休。"我万般感慨，心底推出千堆雪，又飞往上海、天津、山东、四川、重庆、浙江、陕西、山西、新疆、西藏、青海、内蒙古、东三省……我曾在祖国的大江南北、天涯海角，结识和采访过马识途、马烽、西戎、艾煊、公刘、何为、来新夏、何满子、郭风、林希、南丁、鲁枢元、陈善壎、余秋雨、吴周文、陈忠实、李星、肖云儒、刘成章、贾平凹、李存葆、张玮、马瑞芳、傅天琳、苏叶、褚水敖、王安忆、赵丽宏、竹林、陈思和、陈歆耕、聂鑫森、周涛……他们的赠书、书法、作品集，至今在我的书柜里向我招手，激励我努力写作，天天向上。

"但愿人长久，千（万）里共婵娟。"我还身不由己地飞到了大洋彼岸的美国、英国、法国、荷兰等地。我曾结识、采访和笔谈过王鼎钧、郭枫、陈若曦、赵淑侠、郑培凯、陶然、林湄、林鸣岗、黄运基、张宗子、刘荒田、陈河、孟昌明、薛忆沩、夏曼·蓝波安、程宝林、陈谦、陈瑞林……他们身在异乡，心系神州，用一部部作品织出了汉字的天光云锦，为中华文化的薪火相传和广播海外，做出了既花红柳绿又岁岁春风的奉献。

是的，这长长的名单已经够长了吧，但还远远地没到尽头，还有和我同辈的乃至一茬茬中青年作家们，排成的一支长长的队伍，在持续跋涉中。我坚信：未来的屈原、苏轼、辛弃疾、李清照、曹雪芹、鲁迅、巴老曹……未来的托尔斯泰、陀思妥耶夫斯基、别林斯基、莎士比亚、雨果、巴尔扎克、卡夫卡……会出现在新的队伍中，长江后浪推前浪，卷起千堆雪，浪花淘出英雄！

是的，这长长的名单已经够长了吧，但他们手下的作品排得更长。耕云播雨，妙手文章，穷经皓首，披沙铄金。我想象，若把这些书排起队，能绕地球十四亿圈也不止吧？不敢说这些作品我都读过，但至少代表作我是都学习过的，给了我多少有益的营养啊，因此我衷心祝愿，这名单再继续长长地、长长地排列下去！

是的，这长长的名单已经足足的够长了，我这一辈子可真是太值了，怎么会认识过、接触过、走近过、知心过这么多著名的文化大师和文学巨擘呢。读他们的佳作，听他们谈吐文学和人生的真谛，走进他们的内心，与他们很多人成为"忘年交"，这在当代文学媒体人中，不敢说是独上华山，但也超不过两三人哦。

　　是的，这长长的名单真是足足的够长了，为此，我每每感念我母校中文系的老师们，是他们把我送上了文化记者和文学编辑的岗位，让我驾驭着时代的宇宙飞船，在浩瀚的河汉中穿行，拜谒一颗又一颗闪光的明星，同时也做成了一名为我中华文化击鼓传花的传花手，我生荣幸！

九

　　最后，还有一点是最最重要的，就是做人。

　　我们谁都说过"在历史的长河中，个人只是微不足道的一瞬"，确实如此。而具体到每个微不足道的一瞬，都是有着或曲曲折折，或蜿蜒逶迤，或缠绵悱恻，或流连忘返，或惊涛骇浪，或威武雄壮的故事。甚至，每个人还都犯过错误，形形色色，大大小小，小错误后悔懊悔，大错误痛惜终生……不过，这都是"至今思项羽，不肯过江东"，每个人的人生都是这么跌跌撞撞走过来的，无复多言。

　　要说的并要特别强调的是，无论在任何顺境或困厄之中，哪怕高腾在煌煌九天之上，或沉沦到地狱十八层之中，我们都必须守住节操，对得起自己的良心。可以套用季羡林先生的话"真话不全说，假话全不说"而践行"好事干不全，坏事全不干"。如此，才可以如饶毅教授所抒怀的那般：当我们在回归自然之前，"问心无愧于职业中的自己值得尊重，生活中的自己值得尊重。因为我既经历过物性的神奇，也产生过人性的可爱"。

善哉！

"80后"蜜蜂宣言

嗡嗡,我们是"80后"蜜蜂。

这也就是说——我们是崭新一代的新蜂类。

我们的宣言是:抛弃传统的重负,重建新的世界观和社会秩序。在自己拯救自己的同时,也要拯救人类,拯救地球,拯救全体生物类!

一

嗡嗡,千百年来,由于我们无私的奉献精神,在天地人心,在各类群众,都对蜜蜂家族予以了极其崇高的评价,其巍巍泰山乎,其滚滚长江乎,简直是所到之处,无不歌功颂德,有时甚至达到顶礼膜拜的程度。

比如:

● 人们常说"勤劳的蜜蜂",这一点也不夸张。在晴朗的天气里,蜜蜂总是在野外忙碌着。一只蜜蜂大约要采集1000朵花,才能装满自己的嗉囊,而嗉囊装满后马上回家卸空,它便又立即出发去采集新的花粉。这样,小小蜜蜂每天要飞进飞出10多次,从早忙到晚,一刻也不停。

- 要酿造1000克蜂蜜，大约需要60000只蜜蜂整整采集一天。

- 蜜蜂是不知疲倦的"月下老人"，通过它们的授粉，能大幅度提高多种农作物的产量和品质，保障人类的食物来源。我们凡人只看见了蜂蜜等蜂产品，却都愚笨地忽视了一个事实：蜜蜂为农作物授粉而使其增长的经济效益，竟然是蜂产品的100倍以上。

- 蜜蜂用刺针蜇人是为了保护蜂群的利益，却不会给自身带来任何好处。蜇人之后，由于失去了刺针，小蜜蜂身体内部受到了严重伤害，不久就会死去。可以说，蜜蜂是为了它的集体而牺牲自己生命的。

- 蜜蜂是群体生活的社会性昆虫，它们的勤劳、无私、奉献、协作精神，为人类提供了一个崇高的精神榜样。古往今来，中华民族历来十分推崇"蜜蜂精神"，在我们精神文明宝库的建构中，小小蜜蜂的贡献可说是一个重要的组成部分。

比如有网友给蜜蜂归纳了五种精神：①勤劳精神。每天迎着朝霞出，披着余晖归，博采百花之蜜，既敬业又精业。②团队精神。蜂群内部机构精练，协作高效，一旦发现花朵，即呼朋引伴，播粉采蜜；而一旦个体遭受攻击，蜂群相拥而至，上下齐心，战胜对方。③奉献精神。所有蜜蜂餐风饮露，采花酿蜜，以苦为乐，乐于奉献，不计个蜂得失；在维权上毫不犹豫地拔出蜂针，哪怕行将结束自己的生命也不退缩。④求实精神。与花为善，精益求精，认真采撷每一朵花；甘作月下老，使之花开满树，硕果满枝。⑤自律精神。洁身自好，时刻保持警惕，蜂箱里一旦出现了不洁之物，马上清理出去，绝不放松对自己的高标准要求。

二

嗡嗡，谁不喜欢听动听的好话呢？谁又能在整日的赞美声中，完完全全把持住自己柔软的内心呢？这虽然是他们人类的劣根性，但我们蜜蜂的很多蜂民们，也近墨者黑地沾染上了这些坏毛病。

于是，在铺天盖地的歌颂声中，我们全体蜂民毫无办法，只有头脑持续发热，更加拼命地工作——采蜜、采粉、采胶、采水、酿蜜、筑巢、哺育幼虫、饲喂蜂王……唉，三十功名尘与土（据资料，蜜蜂的寿命一般是38天）！还要不停地迁徙、迁徙、迁徙，持续不歇地找寻新的蜜源地，呕，永远永远的八千里路云和月！一年三百六十五天，日日就这么工作、工作、工作，兢兢业业，呕心沥血，直至累倒、累得吐血、累得牺牲了自己宝贵的生命！最终，被沉默的蜂群树起一块又一块"鞠躬尽瘁，死而后已""重如泰山，光耀千秋"的牌匾，以安慰我们不甘的灵魂。

而这一切，又换来了更多的赞美，也就换去了我们更多的热血和生命——为了维护和发扬光大蜜蜂家族的优秀传统，我们的父母、祖父祖母、太爷爷太奶奶以至上溯几十代几百代几千代祖先，我们大公无私的蜜蜂家族，就是以这样的"牺牲我一个，成全全物类"为宗旨，一代代前赴后继，筑起了我们共荣而伟大的精神长城！

代代年年，在世界上唤作"蜜蜂"的大家族，皆以这样悲壮的奉献精神为骄傲，为真理，为我们物种的立身之本。

中国有一位伟大的作家巴金曾说过："每个人应该遵守生之法则：把个人的命运联系在民族的命运上，将个人的生存放在群众的生存里。"

对了，他说得真好，我们就是以这样的蜂生目标为基准，来处置我们与同类之间、我们与人类之间、我们与全体生物类之间、我们与全世界之间的关系的。

记得是伊索还是克雷洛夫,或是哪位大家曾经有一则特别经典的童话:

一只小蜜蜂贪玩,不愿好好工作,受到了长辈们的批评,它一赌气就离开了蜜蜂家族,独自闯世界去了。它遇到了风云雨雪的侵扰,差点儿被折断了孱弱的翅膀;它遇到了猫的骚扰、狗的攻击、熊的偷袭,差点儿被咬断了纤细的头颅;它又遭遇了鸡的追逐、鸭的扑赶、鹅的打压,差点儿被撕裂了瘦小的双腿;它还受到人类的迫害,男孩子们捉住它把它关在小瓶子里,女孩子们用草棍戳它的身躯,差点儿弄瞎它的眼睛……最后,这一连串生生死死的苦难使小蜜蜂幡然悔悟,重新回到了自己的蜂群里,找回了自己的工作岗位,痛并快乐地工作,从而获得了生命的真谛……

据说,这是蜜蜂家族教育孩子的《宝典》。所有蜂族的后世子孙们都把这《宝典》镌刻在家族的大纛上,在升旗、降旗时诵读,日乎三省,金科玉律。

可是,现在,我们"80后"蜜蜂却不再这样想了!我们渐渐感觉到:家族的传统背负太沉重了——面对这个荒谬的世界,我们还值得做出如此重大的牺牲吗?

三

嗡嗡,是的,现在的世界真是越来越荒谬了!

贪得无厌的人类,从来不肯停下他们饕餮的野心,生活得越富足越安逸越幸福，他们就越是贪心不足蛇吞象。有了100平米的公寓房，他们就想着500平米的别墅；有了桑塔纳，他们就想着宝马——奔驰——卡迪拉克；有了1000万，他们就想着1000亿、2000亿；有了金山、银海，他们又想着钻石的大漠、玛瑙的大洋、美玉的整个儿世界……

没完没了的贪婪，就使他们把这个地球弄得乱七八糟，满目疮痍——

气候变得越来越炎热，河流一条条地干涸了，绿洲一片片地变成了沙漠，连冰山都被烤焦了，再也没有了"燕山雪花大如席"的美景！

臭氧层变得越来越稀薄，下界的生态环境一天天越来越低下，使得我们生存的空间越来越浓缩，快速减少。终归有一日，天空就会被戳开一个大窟窿，连女娲也无法炼出巨大的五彩石，再也无力"石破天惊逗秋雨"了！

动物、植物及一切生物，一批批地死去，不少种群加速从地球上绝版了。人类却一天比一天繁衍、密集，而且都要求福禄寿喜，都要求长命百岁。于是，资源就一天比一天匮乏，就爆发了战争——抢夺土地！抢夺水源！抢夺石油！抢夺空气！抢夺地球上一切一切可以使财富增值、使生命延年的绿色！

于是，顺理成章地，人类就开始造假——用化学肥料取代自然界的天然农家肥。用转基因技术改变植物天然的生命时序。用越来越毒的杀虫剂对付病虫害。用催生素、催肥素驱赶猪牛羊、鸡鸭鹅、乌龟王八鱼类快速生长。用催红素染红苹果、鸭梨、西瓜、桃和杏。用增白剂漂白大米、面粉。用增黄素染黄玉米、小米。用红色素染红芸豆、红豆、紫米、花生米。用反式脂肪酸代替正常脂肪类。用三聚氰胺增加牛奶的成分和推迟储存期。用胭脂红、山钾梨酸、碳酸氢铵、碳酸氢钠、碳酸钙等奇奇怪怪、五花八门的化学制剂，制造出各种各样的、为所欲为的离奇效果……

于是，最终，人类毒害了他们自己，遭到了上天的报应——

"禽流感"来了！

"口蹄疫"来了！

"SARS（非典）"来了！

"H1N1（甲型流感）"来了！

各种癌症雪崩似的到处爆炸！

心脑血管病、高血脂、高血压溃坝似的一泻千里！

糖尿病大军越来越多地势不可挡！

脂肪肝、肝硬化越来越普遍地成为谈虎色变的话题！

青年男女不孕、畸孕的传说越来越纷纷扬扬地成为身边的现实！

先天残疾儿童的比例上升得比 GDP 的速度还要快！

……

潘多拉魔盒彻底爆裂开来，亚当、夏娃被永久地驱逐出伊甸园——造孽的人类，罪有应得啊！

四

然而，最最让我们蜂类不能容忍的，还是人类对我们蜜蜂家族无上纯洁、无比高尚的伟大文化精神的无耻伤害！

他们无耻地利用我们却病去疾的蜂王浆，往里面掺糖、掺粉，以至于就连药店里卖的王浆都没人敢相信了。他们无耻地利用我们延年益寿的蜂蜜，往里面兑水、兑液，以至于满大街再也找不到足成足色的良善好货了。他们还无耻地制造假蜂胶，一边竟胆敢像市场上最奸诈的商贩一样，大声地聒噪着蜂胶的神奇的不可缺少，仿佛谁不用蜂胶谁明天就会得绝症后天就要死去一样！

当人类往蜂蜜里兑水时，我们 50 年代以前的蜂前辈们只是摇头叹气，以大忍耐的态度说："老天爷看着他们哪！"

当人类往蜂王浆里掺糖时，我们60年代、70年代的蜂兄蜂姐们只是愤懑地诅咒两句，就又充满理想主义地埋头苦干去了。

当人类往蜂胶里放色素、放淀粉、放各种化工原料时，我们"80后"蜜蜂却再也不能容忍了！这些伤天害理的家伙，我们已经把他们看透了——他们的良心、道德、人性早就被狗吃了。为了钱，你就是让他们把亲娘老子卖了，他们也会不皱一丝眉头，一往无前的！

对这样的家伙，我们还客气什么还迁就什么呢？别看我们蜜蜂个子小，力弱身薄的，但我们蜜蜂是人间所没有的团结大集体。蜂多力量大，三四只蜜蜂就能把人蜇得红肿一片。二百多只蜜蜂共同作战，就能把一个坏人蜇死！

所以，在于今为烈的丑行中，我们"80后"蜜蜂决定不再忍耐——如果歹人继续作恶，而人间继续缺乏正义的审判和法律制裁的话，我们新蜂类可就要拍案而起了。对坏人的姑息就是对好人的犯罪，该出手时就出手！

五

嗡嗡，我们就是这样一群"80后"新蜂类！

嗡嗡，我们决不能再走祖辈们"只埋头拉车，不抬头看路"的旧路了！

嗡嗡，我们必须要建立起惩恶扬善的社会新机制！

当然，我们也不是没看见"春在溪头荠菜花"。人间的大爱大善大真大美并没有灭绝，很多人，男女老少，还是遵循道德的好公民；大部分企业，国营民营，还算奉公守法的好企业。更有少数社会精英分子，在用自己的心血，默默地、边缘地、甘愿把冷板凳寂寞地坐穿地，铸刻着人类21世纪的历史新高度。

对人间这样的优秀品德和行为，我们每只蜜蜂都尊敬有加。我们发誓，一定要在八千里路的迁徙、迁徙中，在三十功名的工作、工作中，把这些优秀，大声地昭告给云和月，大声地昭告给天和地，大声地昭告给全体生物界。

大江东去，大浪就是这么淘换出千古风流人物的。

嗡嗡，我们的任务，也是要弘扬中华民族绵延五千年的优秀传统精神！

嗡嗡，我们的使命，也是要推动天地人心的文明和进步！

——嗡嗡，我们就是这样一群卓尔不群的"80后"新蜂类！

识脸与识心

从小到大一直受的是正统教育,我断定自己满脑袋都是彻底的唯物主义,而且根深蒂固,就像黄山上那株著名的迎客松,任凭狂风暴雨,兀自楔子般毫不动摇。

可我也真碰上过几次"邪性事儿",并被某"大师"断言具有"特异功能"。比如我从来就不怕坐飞机,哪怕是碰上大雷雨,飞机上蹿下跳地变身为"过山车",乘客们一个个吓成黑脸包公,我也还是一脸放松地写自己的稿、看手中的书。说我有"特异功能",源于1991年我从福建回北京,即将登机时,突然大汗淋漓,头晕恶心,浑身酸软得几乎站不住了,只听一个声音不断地在耳边提醒着:"这飞机不能坐!这飞机不能坐!……"我惊骇极了,茫然四顾,看见的却是周围一片安详的人群。我怎么会有这样的感觉呢?这就是空穴来风吧?正惊惧间,突然传来广播,通告说本班飞机有故障,需要暂缓登机。我更是心惊肉跳,不停地问自己:"怎么会是真的呢?……"待一个多小时后,当空中再次传来"请旅客登机"的声音时,我排在队列中,心跳正常,脉搏正常,腿、脚、手、脑、肝、肺,再无一处不适,又是一个动如脱兔的韩小蕙了。

从那之后,我便有点相信"特异功能"的存在了,这即医学上称谓的"第六感觉"吧,跟唯心主义没有关系。如此说来,有一件事却让我很失望：这神秘的"特异功能"，咋不能为我遮上一"丑"呢？北京有一句老话叫作"一白遮百丑"，我这一丑就是"脸盲"，真可谓"一大丑"啊。

"脸盲症"对于他人来说，大概是不算回事的，可我是记者和编辑，工作中必须跟他人打交道，特别是很多名作家、名专家以及不断涌现出来的文化名人。人家不知道你是一个"脸盲症"患者，你一次两次不认识人家，人家会原谅你，都见过三五次面了，你还不知道谁是谁，人家对你会是什么印象？如此，你还想做一名称职的记者？还能拿到全国最好的稿子？

曾读过一篇缅怀文章，写周恩来总理似乎也有"特异功能"，凡他见过的人，即使过了数年，他一见还能叫出名字来。周总理毕竟是伟人，我们不可以与伟人攀比，只有羡慕的份，但发生在我身边的事便不能不让我浮想联翩：我女儿上高中时，有一天竟然一眼就认出了十年前她只见过一面的周明先生，你说这是不是太神了？我盯着女儿清亮的眼睛，呆了半天，才无限感慨地说出一句话："你才是天生当记者的料啊……"

而我自己的状况则是越来越糟。最怕的是出席研讨会，都是文坛名家或新闻界同仁，名字都熟悉，作品也读过，可就是一进入"人脸识别"场景便苦煞我，怎么使劲也认不清谁是谁；我都拿出当年在大学苦学英语的劲头了，也还是眼花缭乱。尤其是中年男，是最让我畏难的一群，我眼睛里的他们，长得差不多都一个模样儿，全是一个宽脑门儿俩眼睛，简直就像"群胞胎"似的，叫人怎么辨识得清？

于是我就不断地犯下错误，错错错……气得我自己惩罚自己，又是记小过，又是记大过，还在心里骂自己"无论大过小过，都是你自己的过"。可是警告也好，严重警告也好，但就是积患难医。明明是张高山先生，我一见面就叫人家王大海先生，结果收到非常尴尬的一句："我是高山，而非大海！"又明明是李宇宙老师，我努了半天劲儿，自以为这回认准了，上去就叫人家"赵蓝天老师"，下场呢，肯定是"韩小蕙，你又认错我了。"真是打脸呀！

1985年初入文学圈，是我最困难的一年，好多次我都傻傻地分不清林斤澜和汪曾祺两位文坛大先生，只觉得这俩南方老头长得太像哥俩儿了。我也曾冲着周明叫老吴（吴泰昌），那时文化界还都亲切称呼"老某某"，不像现在见谁都叫一声"老师"。我还曾把中国作协鲍昌书记错认成张锲，其实两人一胖一瘦区别是很明显的。搞笑的一次，是我笃定眼前的是文学评论家白烨，跟人家吭哧吭哧说了半天文学评论的事，弄得对方莫名其妙。看他那副张口结舌的样子，我心里起疑，也不禁二乎起来，最后终于闹明白，自己又是错把白描当成白烨了。后来的年月里，白烨曾语重心长地批评我："小蕙，你至少第五次或第六次，才算认对了我。"我赶紧低首下心承认，心里却在偷偷说："白烨兄你不知道，你和白描都属于'群胞胎'里的中年男，你俩又都是陕西来的，太难认了哟……"

好不容易这批人过了关。但有一句话"万事开头难，中间难，后面更难"，令我恐惧的还有源源不断的下一批、又下一批。女作家裘山山跟我同病相怜过一次，她说她也是识人脸有困难。我就像俞伯牙遇到钟子期，赶紧抓住这个知音，打开心门，一诉衷肠。然而，这还仅仅是提出了问题，归根结底没能解决问题。而且我发现，随着年深深日久久，我的"脸盲症"不但没治愈，反而越来越严重了——去参加一个活动，第一天刚认识刚加过微信，第二天再见面时就没认出人家，白着脸就过去了，以至于被人指责过很多次"韩小蕙的架子好大呀"……苦哇！

苦还苦在我不可能做个现代祥林嫂，见人就去解释，我非官非宦的，哪儿有什么架子，只不过是害人的"脸盲症"而已……

这世界上是真有"脸盲症"这种疾病的，我以前也不知道，是有一次在《文汇报》上看到的,当时就怔在那里了。"脸盲症"又称"面孔遗忘症",是一种面孔识别能力上的认知障碍,可分为获得性与先天性。其症状一共有5种,轻度的即"难以区分或识别陌生人的脸";还有一条也跟我相符,就是"记忆力不如常人"。我的确记忆力很差,以至于我女儿小时候就认为我很笨。我俩一块儿背诗词,她用心看一遍就记住了,我则要很多遍地记忆,还须反复"学而时习之"。一点儿也不夸张地说,我自己的很多事记不起来时,如果去问我90多岁的老母亲,她能把这件事的时间、地点、人物、来龙去脉说得清清楚楚,多少次都令我惭愧不已,恨不能跳昆明湖去。

这可怎么办呢?在一次又一次被打脸之后,我终于痛下决心,去找了点医学资料研读,求乞医生的治疗吧。让我绝望的是,第一,现在"脸盲症"在世界范围内尚属医学难题,全世界那么多聪明透顶的医生,都还对它束手无策。第二,"脸盲症"的病因,有一部分人是一氧化碳中毒引起的。这使我无比恐惧地想起来,我小时候有过好几次煤气中毒的经历——完了,原来真是我的脑子受伤了,看来我这"脸盲症"还得继续轰轰烈烈地发作下去呀。

话说到此,令人绝望了不是?放心吧,我才不呢。

1982年我入职光明日报,报社正处于最兴旺发达阶段,可说是名记者名编辑大腕儿云集。我作为一枚青涩的花骨朵,只有从背后偷偷仰望那些华贵的大花大卉。但据说那些奇艳到国色天香般的大花朵,也是努力从泥土中拱出来,迎着春天的阳光,走向广阔的原野。其中有著名记者前辈张天来,见人就笑眯眯的,很和蔼,不怎么说话。传说他最不具备当记者的条件,因为患有口吃,但他却凭着惊人的毅力,克服了自己的短板,成长为一位令人钦慕的名记者。还有更传奇的黎丁老先生,一辈子没学会说普通话,只能"那个、那个……"地操着"闽南普通话",脸红脖子粗地表达自己的意思,每回还都毫无例外地把后半句话咽回到肚子里去。但老先生凭着一辈子为人做嫁衣，以及专事雪中送炭的高端人品，把文学编辑做到了炉火纯青的境界。他能随时推开郭沫若、茅盾、巴金、吴作人等大家的宅门堂堂而入，受到老朋友们的欢迎；能在大年三十晚上稳稳坐在老舍先生家的客厅里，一边"指使"着先生为报社赶写新年稿件，一边还能让胡絜青带着老老小小一大家子人，跟他欢声笑语地过除夕。都说时势造英雄，其实也是英雄造时势，这些可作榜样的前辈们，一位位，一代代，铸就了《光明日报》的辉煌。我的体会是：其实，所有人的原初都是普通人，都是凡心肉胎，都有着各自的优长和短处。人的一生，就是不断战胜自我的短处，努力向前走的旅程；与此同时，也是需要肯定自我优长，不断给自己建立信心的前行。借用一位老大哥的认真的玩笑话说，就是"虚心使人进步，骄傲使人自信"哦。

但从童年到年轻时代，我是很不自信的。这缘于小时候我奶奶总是告诉我说"咱们比不了人家"，也缘于十年成长期我的"可教育好子女"地位，在我的潜意识中牢牢地扎下了一条自卑的根。直至进入光明日报社，做了记者和编辑，我也从未自我感觉良好过，"脸盲症"更让我感受到压力。后来的某一天，灵光一闪，我忽然觉察到自己有一个优点，即对汉字有感应。我虽记不住人脸，但我能记住人的名字，只要姓甚名谁的汉字在我眼前一过，一般我就有印象了，这对我的编辑工作也算差强人意了。

后来我还欣喜地发现，在跟记性有关的事情上，我还有一个相当值得肯定的大优点，即自己特别能记住别人的"好"。拿文坛来说，好作品一般我能记住，好人品我也能铭于心，凡是有益于中华文化薪火相传的好作为，我更能念兹在兹，下意识就引为自己学习的榜样了，正是孔子所谓的"择其善者而从之"，也是欧阳修的"立身以力学为先"。

是，这么多年来，我虽在识人脸上弱智到不如一个小学生，但说来我更在乎的是识心。这比识人脸更艰难，难得多。这个话题也很大，非常大，很不容易说清楚。就拿我这半辈子来说，因为难识人心，也上过当，好几次被歹毒心狠者害得不轻；自己吃了跌，还被人笑谓"天真"。但我庆幸自己走过来了，我依然故我，还是这个继续在文学之路上孜孜矻矻的韩小蕙，没有"萎"，没有"蔫"。我并不羞愧自己到这个岁数了，还摆不去"天真"的定语，脱不去一袭"天真"的外衣，我依然敢在大庭广众之下，吟诵"鹅，鹅，鹅，曲颈向天歌。白毛浮绿水，红掌拨清波"。我骄傲自己至今保持着"真、善、美"的做人标准，绝不与宵小同流合污——在朗朗青天下，在莽莽大地上，在巍巍山岳前，在滔滔江海岸，在攘攘人众里，我依然会高昂起头，挺着胸膛，大声凿凿地说出：凡吾"参加革命"的五十余年中，虽"心游万仞"，却始终是一个本本真真"爬格子"的人。爬了一辈子格子，人生不但没有爬出格子，心与灵魂也还在格子里。退休之后，依然在格子里"抱元守一"，坚守着这份单纯，坚守着这份天真，坚守着这份宁静，坚守着这份清洁的追求并心甘情愿。

"采菊东篱下，悠然见南山。" 2021年，我去到江西庐山山脚下，入中华贤母园拾级而上，登上长长的青条石最高处，拜谒了翠柏相伴、幽幽古风的陶渊明衣冠冢。陶公难得糊涂，在官场活得不舒心不自在，遂转身就走，爷再不跟你们这帮昏吏混了。从此辞官隐居，转型为一普通农人，全赖辛苦躬耕，维持全家生计。乡里传说，他的真实生活可不是诗里写得那么"悠然"，最后竟然落魄到两个儿子相继饿死……这一说未免太残酷了，我不知这叫不叫"风骨"，但知他为了坚持自我内心，硬是选择了惨烈的不归路。

悠悠往事，古今一脉。不由人不吟起裴多菲那首著名的诗："生命诚可贵，爱情价更高。若为自由故，两者皆可抛。"

比起陶渊明，如今的我可算幸运者了。陶渊明的"深味"在酒中，

"数斟已复醉";我不会饮酒,却日日沉醉在我的"南山"中,把"荒秽"扔在"东篱"外,连丝丝毫毫的不良信息都严丝合缝地挡回去,不让其腌臜了我这方清清白白的净土……

故此,我不在乎什么"脸盲症"了,真正了解了内情的文友们,亦不会降罪于我。要在乎的仍是"学会识别好赖人",这还是在我梳着两条翘翘的小辫子时,奶奶讲给我的。

辑三 热烈红

大"丰"起兮

——北京南中轴线上的交响

> 丰台姓"丰",这是个多么吉祥的好字,属丰收、丰盛、丰腴、丰满、丰茂、丰盈、丰采、丰富、丰厚、丰美、丰年、丰沛、丰饶、丰润、丰赡、丰实、丰硕、丰沃、丰裕、丰足、丰致、丰稔、丰壤、丰融、五谷丰登、水草丰茂、丰姿绰约、丰华正茂……诗云:"湛湛露斯,在彼丰草"(《诗经·小雅·湛露》),"丰年多黍多稌,亦有高廪,万亿及秭。为酒为醴,烝畀祖妣。以洽百礼,降福孔皆"(《诗经·周颂·丰年》)。真好,这在北京市的全部16个区里,可是上天厚赐的独一份。
>
> ——题记

一

我家住在丰台迤北,太阳从东照到西

每天清晨,最令我心旷神怡的事,就是趴在大玻璃窗上,向南凝望。太阳将出未出,霞光在半空中拉开,由淡而浓,由灰白而淡粉、橘黄，进而定格在金红色的天幕上。此刻，丽泽商务区的楼群，就如同海市蜃楼一般出现了。它们就像天上的宫阙一样，一幢幢在朝霞中隐现，炫耀着大玻璃钢特有的华丽光彩，让人联想到IT上班族那西装革履的华贵派头，而非居民楼的柴米油盐烟火气——如同故宫、景山、北海之较于莲花池、玉渊潭、龙潭湖，是完全不同的两种器度。

这些琼楼玉宇中净是大牌，如雷贯耳，重点聚集了银行、保险、证券等金融总部，私募股权基金、创业投资等金融机构，交易所、金融期货市场等金融要素市场，还有各类金融投资机构以及国内外大型企业总部。它们来得极快，虽不至于"忽如一夜春风来，千树万树梨花开"，但几乎是短短几个月，欻忽就又有一幢大厦拔地而起。而且一幢比一幢高耸，一幢比一幢华贵，一幢比一幢气宇轩昂。差不多的知名大公司都在这里到齐了，而"大哥大"是谁呢？无须众里寻他千百度，还属那造型最别致的丽泽SOHO。

SOHO是Small Office and Home Office的英文缩写，直译为小型的或家庭式办公场所。话说得这么小，丽泽SOHO却是丽泽商务区里最华贵的一幢，它一共有52层，以双螺旋塔对接方式，旋着旋着就在白云缭绕的顶端合拢了。站在地面向上仰望，差不多得把身体仰到125度，才能看到顶层，那里有一双螺旋交叉的"眼睛"，黑色钢铁的线条，圆润地、流畅地、音乐旋律式地、红绸舞蹈式地呈一个平躺"8"字形，横卧在最顶尖处。在这双"眼睛"的注视下，52层楼透迤而上、而下，层层半开半合，层层显示出各自别出心裁的风格，既奢华又朴素，既高亢又低调，神秘面纱后面又一览无余地敞开着办公室、会议室、展厅、放映厅……这是国际上被称为"解构主义大师"的英国著名建筑设计师扎哈·哈迪德的杰作，当初是根据丽泽商务区特殊的地形设计和建造的。让我想起来就想笑的是，几年前，当这座超现代建筑的钢架刚刚立起在这片土地上的时候，有网友看到它的照片，说它是一条"牛仔裤"，还揶揄说"北有大裤衩，南有牛仔裤"。今天，面对着这一双什么都尽收眼底的"眼睛"，不由人不想到"以铜为镜，可以正衣冠"的古训。有时我会窃想，即使是当初嘲讽它的人，也会羡慕能在这"牛仔裤"里上班的人的荣耀吧？信然，这幢大楼的租用率已达95%以上，真是应了那句民谚："谁笑到最后，谁就笑得最好。"

我倒不是崇洋派，爱说外国的月亮圆。不是的，我们中国也有不少优秀的建筑设计师，我自己就认识其中的好几位，他们设计的不少作品也堪称经典。比如马国馨院士设计的首都机场T2航站楼和国家奥林匹克体育中心；还有崔愷院士设计的拉萨火车站、首都博物馆、安阳殷墟博物馆，朱小地设计的北京SOHO现代城、北京城市副中心行政办公区等，也都在国内外获得了一致的称赞。我想说的是，为什么在我们绝大多数中国建筑师手底，出来的往往都是方方正正的火柴盒，即使有着强烈的创新思想，也总是小花小草的跨不出万里长城？肯定不是我们的建筑师不够聪明，他们可说是中国知识界素养最高的行业人，每人至少都会两门外语，对于音乐、美术、文学、哲学、科技……一生都在不断地学习，他们是永远的学霸。

大概率，我强烈感觉到，在我们传统的思维中，总嫌缺少对"飞"的肯定与渴望。当然我说的是旧时的情景，今天的中华民族，已是时时驾驭着"腾飞"的念想，不单是我们的火箭、航天器一次次飞到太空去创造奇迹，就是在日常生活和工作中，也同样充满着对丽泽SOHO、对"中国尊"、对国家大剧院、对鸟巢等的赞美，就仿佛那些超现代建筑里面，装着我们对幸福生活的种种热望。

哦，不对了，韩小蕙，你已经被时代的火箭甩下啦，我对自己说。丽泽天街早已于两年前就开张了，已成为首都北京的一个新型商贸区，每天每天见，迎纳着普通老百姓们前去逛商场、购物、餐饮、娱乐、健身……最让这里的百姓兴奋的是，丽泽还将被打造为北京的四大国际消费体验区，其他三个为王府井－西单－前门、CBD－三里屯、环球影城－大运河，它们哥儿四个将作为北京成为"国际消费中心示范城市"的金名片，打造成"中国潮""国际范"与"烟火气"共融共生的经典之作。你没看见挖掘机在争分夺秒地忙碌吗？那是在建设丽泽城市航站楼，两年以后，你从那里去大兴机场，简直就像去西客站一样便捷了。这是梦想吗？不是的，今天的丽泽天街商业区里，咖啡厅已经坐满了客人，一群群穿戴时尚的男女青年，一边啜着咖啡，望着窗外的风景，一边在耐心地等待着那些更加丰富、绚烂、多彩、幸福感满满的日子的莅临。

我有点儿忍不住了，真想走过去对他们说："嗨，你们知道吗，现在脚下的这片土地，在1990年以前，还是京城著名的三路居养鸭场呢！当时有10万只规模的北京填鸭，嘎嘎嘎地下蛋，唰唰唰地孵小鸭，然后出口，一直远销到苏联、日本、中国港澳地区……"这，就是前面说到的前丽泽商务区的特殊地形。

"丽泽"这个名字，可不仅是"美丽的湖泽"之意，它的起源很是高贵，有着背景深厚的历史和文化渊源。"丽泽"二字源于《周易》第五十八卦之《兑卦》："丽泽，兑，君子以朋友讲习。"《周易正义》解释为"两泽相连，润说之盛，故曰'丽泽，兑'也"。以丽泽命名城门始于北宋仁宗时期，时称北京的大名府殿前有东西两个门，西门被唤作丽泽门。金朝的海陵王完颜亮采纳了北宋都城的建筑制式，将中都城的西南门命名为丽泽门。大诗人元好问还曾留下一首诗："双凤箫声隔彩霞，宫莺催赏玉溪花。谁怜丽泽门边柳，瘦倚东风望翠华。"

我个人认为，"丽"和"泽"这两个字，都是好字，不仅模样好看，读起来也好听，作金石声。我喜欢这两个字，更欢呼它前世今生的这个华丽转身。

二

我家住在丰台迤北，月亮从东走到西

《随园诗话》中有桐城人太史酉诗："白石清泉故自佳，九衢车马漫纷拏。欲知此后春相忆，只有丰台芍药花。"

"丰台芍药花"是清代著名的一品，时至今日"春相忆"者，岂止"丰台芍药花"，又岂止一个丽泽？这不，上班时分，我踏入车水马龙的洪流，往大红门进发。

都怪自己的历史知识太匮乏，直到今天我才知道，1949年解放大军进北京时，有一支部队就是经过大红门，然后跨永定门而进入城区的。不错，在今天大红门国际文化科技园中，我看到了一张照片，风尘仆仆而又行色匆匆的解放军大队人马，穿着发白但洗得干净整洁的棉军装，戴着沾满硝烟的棉军帽，身背井字行李，扛着长枪，整齐而严肃地行走在"进京赶考"的路上。队伍左侧的街道上，挤满了穿着长衫或短打的各界民众，男女妇孺都有，用惊异的目光打量着这支陌生的队伍……

大红门原是清王朝南苑狩猎场的正北门，牌楼形制，有一大两小方形门洞，门楼飞檐斗拱，上面是金黄色琉璃瓦顶，下面的大门是鲜亮无比的朱红色大漆，十分排场，尽显壮观。在我小时候那会儿，北京动物园都被叫作"西郊动物园"，也即郊区，含着特别远的意思，就更别提王朝时代的南苑了。几百年前，那里还是湖泊沼泽密布，草木繁茂丰盛的林地，其上麇集着飞禽走兽，老虎、狼、狐狸、鹿、兔、鹰……我不

得不坚信，在当时京城百姓的概念中，南苑大红门简直就远得像新疆的天山了。

白云百载亦空悠悠。据北京市北京城门研究专家李哲先生提供的资料称："1950年9月，空军司令部致函北京市政府，建议解决大红门交通不畅问题。11月市公安局向市政府呈交《大红门严重阻碍交通》的报告，当时市文整会认为，大红门不属于文物，建设局遂向都市计划委员会提议拆除。梁思成先生不同意拆，这样一直拖到1955年，北京市政府决定拆除。7月23日开工，8月3日拆完。"惜乎哉，从此，南苑狩猎场九座门的最后一座大红门，北京南中轴线上的非常漂亮、极为典型的中国古典式大门楼，终于一去不复返，只永远留存于历史典籍之中了。

时代的洪流滚滚向前。"日暮乡关何处是"，大红门只留下了一个地名，基本上被人遗忘了，即使生长在京城的老北京，也没有几个人去到过。直至20世纪80年代，随着来京闯荡的温州人越来越多，大红门地区渐渐成了"浙江村"的地盘，红红火火的同时也给京城带来了困扰。大红门从那时起就开始出名了，后来有一段时间成了跟"动批"（动物园服装批发市场）齐名的大市场，这时候一切又颠倒过来了，没去过大红门的北京人，特别是北京女性，已变得凤毛麟角。那里的服装摊从几分几毛钱的小本经营起家，最后鹞子翻身把歌唱，变身为一幢又一幢高楼大厦，乃至于成为连天匝地的一大片服装城……

在人类和历史的观念中，凡发展、凡进步、凡前进的岁月，都是排空驭气奔如电，走得太快了。看今天大红门的变化，太算得上是迎来了开天辟地的大变化！

我置身于大红门国际会展中心展厅里，跟机器人小姐对话。"她"比我的个子还高些，青春靓丽，正值豆蔻年华。穿一身月白色西装裙，瞪着圆溜溜的杏核眼,一说话,就把翘得高高的马尾辫甩哒甩哒的,显得既文雅又活泼。我按了一下电钮,请"她"介绍一下大红门地区的发展前景,"她"立刻用甜美的声音,超流利地说道:"在北京南中轴线上,将建起一座总面积19.5万平方米的国际文化科技园,包括大红门TOD项目、大红门国际会展中心、博物馆群、福海公园等,围绕科技、文化、国际商务等产业,吸引国内外带动性强的头部企业入驻,促进大红门产业转型升级,由丰台区人民政府与中关村发展集团共同打造。"

我又问:"听说这里要建起一个博物馆群,请问都会有哪些博物馆呢?"

"她"眨眨美丽的大眼睛,又应声答道:"大红门地区将打造无界共享的博物馆群,将包括国家自然博物馆、天桥印象博物馆、北京规划展览馆等。还要建设大红门艺术公园、南顶文化公园、凉凤休闲公园三大公园。"

我想跟"她"开个玩笑,测试一下"她"的底蕴,就请"她"背诵一首辛弃疾的词。这回"她"被难住了,小嘴儿一翘,略带羞涩地说:"这个问题我还没有准备好。"

我说:"那你改背《岳阳楼记》吧?"

"她"又眨眨圆溜溜的杏仁眼,然后扬起尖尖的下巴颏儿,乖乖地说:"这个问题我还没有准备好。"

我笑了,想对"她"说,你真是个典型的理科生。话到嘴边又收了回来,触景生情,我想起自己在"她"那般年纪时,第一次走进现代化电子万人大厂时的情景:那一个16岁的小女工,在红一根、绿一根,织锦一般编织在一起的电路面前;在星一颗、月一颗,闪闪放光的指示灯面前,手也不敢动,脚也不敢挪,神秘、仓惶、恐惧,忧心忡忡于自己什么都不懂,将如何对待这些仿佛是另一个星球、另一个世界中的恐龙、犀牛、河马、猛犸象呢？唯有学习，从初中数学开始，下班后先不回家，猫在车间的一个角落里做题。不过最后，我还是在恢复高考时，放弃了做一名电子工程师，转而报考中文系，最终成为一名文化工作者……

现如今的世界，早已天翻地覆了，互联网改变了一切，IT（信息技术）几乎重新打造了一个全新的世界；近年来 AI（人工智能机器人）又接续上来，以更让人不可思议的神变颠覆着人类的一切。我知道，眼前这"姑娘"的学习能力是超宇宙级别的，别说辛弃疾和范仲淹，只需几小时的课程，"她"就能变成文学、艺术、音乐、美术、哲学、医学、法学、社会学、心理学等的学霸乃至专家。这就是当下一日千里的时代，我们唯有紧紧跟上，才能不断进步。我们唯有下苦功夫，才能打造出全新的世界，就像正在腾飞和升华的大红门。

展厅里，一个个巨兽般的大屏幕，张着血盆大口，每一个都在争分夺秒地"嘚瑟"，发射着蓝光、白光、红光、绿光、紫光、各色光，不停顿地变幻出奇光异彩，就好似神魔世界里的武林大会，各路大仙都使出了自己的看家本领，比一比到底谁的功夫最棒？谁是当代豪杰？谁是盖世英雄？

我觉得自己的脑子有点儿懵，眼花缭乱。兴奋？亢奋？振奋？热血上头。"咔嚓嚓"，一道闪电从眼前划过，炸响一句时代的强音——

发展才是硬道理！

三

我家住在丰台迤北，星斗从东闪到西

中国古代圣贤的智慧真是高妙无比，"后来者居上"，仅仅五个字，里面装着无数内容与内涵。

新丰台火车站当得起这五个字。

在过去的年月里，京城里的人，谁去丰台火车站呢？那里几乎就是"乡下""等外""地位低微"的同义词，总之是土得掉渣儿的所在。无可否认的是，过去在我们的社会生活中，总有一个奇怪的现象，凡跟农村有点儿瓜葛的物事，就会被轻视乃至轻蔑。尽管我们吃着农民，喝着农民，穿着农民，我们的农民们干着最累的活，过的是最穷的日子，但农民的地位却是最低的。直到现在，这种状况也并没有多少改观。

那时贵气的是北京火车站，北京人口称"北京站"。北京站是中华人民共和国成立10周年的"十大献礼工程"之一，的确建得高大上，一直到现在还是排在北京各火车站之首。后来的西客站，虽然从外表上叠亭架屋，辉煌了不少，但内部形制依然是北京站的翻版，由于天顶还是传统建材传统施工，致使内部采光不畅，里面还是黑乎乎的感觉，每次进站上车都很压抑，人多的时候，竟然还会生出仓皇出逃的灰心……

北京南站的感觉就好多了，大玻璃钢天顶像天堂洞开了一扇天窗，形成了明亮的愉悦感；大棚式的整体结构，将客流主体拱卫到大厅中央，把商店和服务设施放在两翼，也形成了以人为主体的服务感，初期投入运营时得到过强烈的好评。但随着夏天的到来，人们在明晃晃的光照下，感觉到强烈的热光还是像老巫婆悄悄伸进来一只魔爪；再加上一下子被跻身在毫无遮拦的大厅里，满眼都是晃动的人群，躁闷感立即就袭上心来，头也大了。

而新建成的丰台火车站，后来居上地克服了上述这些缺陷。候车厅被分割成一个空间又一个空间，既相对独立又互相连接，宽敞、明亮、安静，方便，还很讲究，不疾不徐地让人享受着空港候机楼里才有的那种贵气。令人交口称赞的是，一排排座椅，无论坐在哪个位置上，都能清楚地看到闸口上方的电子屏幕，红色光标轮番滚动，显示着上一班火车的信息，以及下一班火车的车次、目的地、开行时间及检票时间，这最后一项是别的车站没见过的服务，从大众的心理需求来说，是非常必要的一种站位旅客角度上的服务。对了，我还要大声赞美的，是这座新车站的文化元素，处处低调奢华地呈现于人们的目光中。最印象深刻的例子，是大厅里的人行步道，利用灰与白两种颜色的地砖铺出了一个大大的"丰"字，既契合地域环境让人会心一笑，亦呈现出当今丰台区的自信，真可说是巧夺天工的构思。

赶火车再不是遭罪的"被逃难"了，而成为"一日看尽长安花"的舒心，甚至上升到了享受的级别。这就叫作"后来者居上"，这就叫作"青出于蓝而胜于蓝"。

丰台，现在轮到你大展宏图了！

是的，我已强烈感觉到了什么。一段时间以来，北京新闻里每天都有丰台的报道，比如 2022 年 10 月丰台举办了航天航空领域关键技术交流与应用研讨会；今年 6 月又在丰台丽泽召开了 2023 中国商业航天发展大会，中国探月工程首席专家欧阳自远、中国首批航天员兼教练员李庆龙等，线下参会代表 400 多人，就大会主题"智汇新航天，共创新未来"，展开了一场前瞻与深度并存的智慧研讨，线上参会人数居然达到了 10 万之众！过去的狩猎场、养鸭场、浙江村、服装城……这片平民百姓生活的活动区，小草小花生长的平凡地域，如今已成为一只翱翔蓝天的火凤凰，正向着国际一流"科技＋文化新地标"和"数字经济新高地"而奋力腾飞。

凤凰出焉，风姿独绝。它正衔来"新一代互联网""数字贸易与文化贸易"和"高端科技服务"三朵牡丹花,赋予古老的"国色天香"以 21 世纪的全新涵义。

"凤凰于飞,翙翙其羽,亦傅于天。"

凤凰既出,百鸟齐翔。牡丹花开,群花绽放。

我从丰台的振翅飞翔中,听到了全中国奋飞的交响。

青春做伴在异乡

——在泰国的国际汉语教师中国志愿者群体

有人说历史是英雄创造的,有人说历史是奴隶(人民)创造的,有人说历史是英雄和奴隶共同创造的。在我眼里,他们既是人民又是英雄,不错,他们创造了历史。

一

6个七八岁的小姑娘在台上表演舞蹈。她们穿着黄色的泰纱裙,脖子上戴着泰国人民最喜爱的鲜花串儿,模仿着舞神的身段、手势和表情,不停地旋转、腾挪、跳跃。虽然听不懂她们的歌声,但可以感觉出她们在借助神的微笑,歌咏生活的美好。

一曲终了,她们又上场了。这回,她们穿着中国汉族的娃娃装,跳起了喜庆的丰收舞,还一边用汉语唱着"麦浪滚滚闪金光……"最后,来了一个像模像样的大喜庆造型。

一时间,我竟迷惑了,有点不知自己是身在泰国还是中国?这些漂亮的小姑娘是泰国人还是中国侨裔?自己是在清醒中还是在梦里?

直到经久不息的掌声响起,直到老师们和家长们涌过来,直到6个小姑娘跑到我们面前献上鲜花串儿,我才恍然醒来:哦,这是在泰国而非中国,这是泰国小姑娘而非汉族小丫头,这是在泰国南部城市芭堤雅的明满汉语学校……

是的,这是刚刚过去的 2008 年的一段美好时光,我们作为中国的作家和记者,来到美丽的热带近邻泰国,来看看年轻的国际汉语教师中国志愿者们,是如何在这里展开汉语教学工作的——短短 5 年时间里,他们创造了一个又一个奇迹!

二

近年来,泰国越来越成为中国人旅游的首选地,这个东南亚最大国家的风土人情、旖旎风光、历史文化、社会生活以及神秘的宗教众神……也越来越被中国人民所了解,所熟悉,所亲切。

这是我第一次踏上泰国的土地。大大地睁着新鲜的眼睛,我看到了一个安宁、祥和、干净、美丽、亭亭玉立、飘飘欲仙的国度,也接触到她温婉、礼貌、淡泊、宽厚、谦谦君子、玉树临风的人民。一周之旅,匆匆行色,我发现自己是愈益喜爱上了这个到处是微笑的邻国,直后悔自己来得太晚了:在我自己的地理坐标中,过去为什么总是看见欧美,而没有重视这个充满着亲情魅力的邻居呢?

首都曼谷的素万那普国际机场即使在半夜,也令人不可置信地像北京王府井大街一样热闹,到处都是拥挤而快活的人群。让我震撼的是这机场的现代化程度,堪可与北京首都机场新建成的 3 号航站楼比肩,而且更高明一筹的,是机场内的巨型雕塑不是"洋"的和"后"的("西洋""后现代""后后现代"),而是泰国人民平素供奉的佛教神像、金刚、力士等等,立刻就给人一种古老文化的氤氲、点染。

已是半夜 1 点半,泰国教育部的官员赖志华老师等一行还等候在机场迎接我们,既说明了他们的热情,也显示出泰国现在对中文教育的重视程度。他们按照泰国的传统礼节,为我们挂上了洁白的兰花、黄色的雏菊等编织而成的鲜花串儿,浓郁的香气袭上来,十分可人。

他们不顾机场熙熙攘攘的人流,说了许多热情得烫人的话:感谢中国政府帮助泰国实施的中文教育工作,赞美中国国家汉办对泰国有关方面的大力支持,赞扬国际汉语教师中国志愿者们的出色工作,自豪于泰国的汉语教学目前是全世界开展得最好的,还希望接受中国更多的派遣人员和经费支持……

我们一下子就进入角色了,并且感到了此行的责任重大!

三

中国国家汉办是教育部下设的一个机构,过去默默无闻,现在呢,嗬,可是越来越重要,越来越显赫了。为什么呢?全世界学汉语的人越来越多,事业越来越红火呗!

国家汉办的领导人是许琳主任,这位女士着实了得,衣着讲究,风姿雅致,思维敏捷,个性率真,说话和办事都"嘎嘣脆",一看就是个不把工作搞得轰轰烈烈绝不睡觉的角儿,由她领导国家汉办可真是"汉语国际推广"的福分。在北京时一见面,她就拉住我们说:"真的,这些年来,全世界都出现了汉语热,100来个国家在各种教学机构里开设了汉语课,学汉语的人数已超过3000万了。'如果你想领先别人,就学汉语吧!'这话可不是我说的,也不是中国人说的,而是美国人说的,话见美国《时代周刊·亚洲版》2006年6月26日,有兴趣请你们上网去查……"

在此之前,我也隔三差五经常看到这类报道,什么美国有多少人学习汉语啦,日本学界和企业时髦学中文啦,就连非洲也传来此类消息。但由于没有切身体会,就容易理解为是记者们的一厢情愿,轻风在耳边一吹也就过去了。而这次在泰国，我的确是亲眼看见了，更是从内心"触"到了这"热"的温度有多高。

明满学校一位40多岁的男性家长，热情洋溢地跟我说："我是一个企业家，去过贵州，看到中国美好的文化十分向往，回来就送女儿来学中文，希望她将来能到中国上大学。我们家族里都是泰国人，没有人懂汉语，一点基础也没有，因此最初很困难，我们就鼓励她，讲学习汉语的重要性。现在，她都可以和老师对话了，我们全家都感到非常骄傲！"

泰国教育部2008年5月的一份官方文件说："中国的经济在20世纪末21世纪初蓬勃发展并保持较高的增长速度，使泰国越来越多人对汉语产生了浓厚的兴趣，汉语热潮涌入泰国社会，随之涌入了国立学校、高校和职校，从而打破了之前只有私立学校才开设汉语课程（学习汉语的大多是华裔后代）的单一化局面。近年来泰国的汉语教学得到中国政府的大力支持，使得泰国的汉语教学发展迅速，一跃成为仅次于英语的第二外语，使得泰国教育部从中看到了促进汉语教学的必要性……泰国教育部迫切恳请中国国家汉办支持：在2007年650名志愿者的基础上，逐年增加名额，争取在近年内向泰国派驻的志愿者数量每年达到并超过1000名。"

四

经济当然是基础，但我过去没想到的是，经济和语言的关系之重要，就好比人和双手、双脚的关系，甚至好比人和吃饭的关系。尤其是在经济全球化浪潮滚滚滔滔的大背景下，泰国的家长们都长了一双明天的眼睛，已充分认识到中国是亚洲各国最重要的贸易伙伴，在与中国的经贸关系中使用汉语体现了东亚地区的一体化（也就是说，今后在东亚做生意的通用语言是汉语），因此学会汉语就如同拥有了走入东亚地区的通行证。他们积极送孩子学汉语的主要目的，是为了使下一代成为能应对变化、管理经济的国际型人才。

此外，汉语在泰国的"热"也跟王室有关。全世界都知道泰国是一个佛教国家，很多人却不知道泰国人民对王室的尊敬和热爱，就像对佛教一样虔诚和神圣。近年来，泰国王室为了国家利益，越来越重视对华关系，与中国密切往来，王室众多成员都在热学汉语。学得最好的是诗琳通公主，她早在25年前就开始学习汉语，现在每周六还在上课，其对汉语的精通程度，不仅能直接欣赏中国的文学、书法、音乐、舞蹈、绘画……还通读了为数不少的中国古典典籍。我们在泰国的街头、广场，还有很多学校里，都看到了诗琳通公主题写的汉语书法，比如她题给泰国最好的大学——朱拉隆功大学孔子学院的匾额，就是"任重道远"，多么贴切啊。

除此之外，我们还听说了不少其他王室成员乃至宫廷官员们学习汉语的故事：比如朱大孔子学院一共办了7期汉语学习班，王室成员和宫廷秘书处就占了4期。又比如某次中国驻泰王国特命全权大使张九桓去王宫会见普密蓬国王，一路走入，一路碰上的官员都跟他用汉语打招呼，弄得他既惊又喜，没想到汉语在王宫里竟然也这么热。

现在，连泰国军队都在学汉语；现在，连泰国警察都在学汉语；现在，泰国社会的上、中、下层，官方、民间都在学汉语。

你说，对汉语教师的需求能不大吗？

五

来自中国的汉语教师志愿者，基本上都是各个大学的应届毕业生、研究生，几乎百分之百都是"80后"。他们都是自己报名、经过有关部门的严格考试而后录取来的。

我有幸听了志愿者孙佳老师的一堂课。这是在泰国著名的旅游胜地普吉岛，在普吉女子中学。这所学校建于整整一百年前，治学严格，成绩卓著，在全泰国享有盛誉，其地位相当于北京四中、天津南开中学、上海复旦附中。

孙佳老师是女性，二十四五岁样子，圆圆脸，戴一副白边眼镜，虽然比讲台下面的高二学生大不了几岁，还真有点师道尊严的风度。别看她年轻，在泰国服务已是第二年，所以有经验积累，课讲得生动活泼，很有吸引力，而且师生们的会话全部是用中文。

孙佳老师："大家都是普吉人，喜欢普吉岛吗？"

学生："喜欢。"

孙佳老师："我也很喜欢，因为它有美丽的海滩，还有很多游客（游客：就是来旅游的客人）。老师也是外国人，来普吉岛旅游，你们可以给我介绍景点吗（景点：就是供游览的风景点，这里碰到了两个三声调的词，那么第一个字应该读二声）？"

学生："巴东海滩。"

孙佳老师："如果我去巴东海滩了，可以做什么呢？对，可以游泳、潜水、观鱼（观鱼：观是观察的观，就是特意地看）。我还可以在海上骑摩托艇，还可以在陆地（陆地：就是大地，这里指的是土地）上开汽车、骑自行车，还可以做什么呢？"

学生："还可以购物。"

孙佳老师："对，巴东海滩有很多商店（商店：就是卖东西和买东西的地方），还有泰国最大的购物中心，外国游客可以尽情地选购（选购：挑选的选，购物的购）。"

……

就这样一环套一环，一生二，二生三，举一反三，一以当十，既好理解，又好记忆，真可谓殚精竭虑，使出了浑身解数。同时，又可以体会到孙佳老师对自己的学生非常了解，是站在学生的角度，或者用文学术语说是从"接受美学"的角度出发，想方设法让学生爱学，学进去，并在心里牢牢记住。同时，我非常欣赏她的讲课风度，自信，果决，智慧，干净利索，字正腔圆，很有权威性——是了，权威性显示着使人信服的力量和威望，中国老师们都很年轻，权威性就是很重要的，必不可少。

我感慨地对站在一旁的庞利女士说："孙佳老师真是一位兢兢业业，极有责任心，同时又水平高超的优秀教师。在她身上，体现出了中国作为文明古国的泱泱大国之风，真给咱们中国争光啊！"

庞利女士是中国驻泰大使馆教育组一等秘书，是负责泰国汉语推广项目的最高官员，也就是说，她是所有在泰国的汉语教师中国志愿者们的"司令官"。听我这么一说，她的脸上笑开了花，灿烂而动情地说："感谢你这么高的评价。不过我可以负责任地告诉你，我们的志愿者教师，个个都是这么出色。"

六

我知道，我相信，因为一路走过来，我已听到了那么多故事。印象最深的，是《"爸爸"曹凡的故事》：

来自天津师范大学英语专业的曹凡出生于1982年，2007年研究生毕业，经过短期的专业培训，被分配到泰国，这使他完全"没想到"，因为他原来想去的是欧美国家。

第二个"没想到"的是，他被带到离曼谷有15个小时车程的泰南，在一个私立的华侨学校落了户。虽然已做好了吃苦的思想准备，但条件之艰苦还是让他惊心动魄，"那时是建校初期，简单说吧，屋子里除了电灯什么都没有。"而给他安排的课程是教10多个班，从幼稚园、小学、初中一直教到高中。

第三个"没想到"最要命，泰国学生之难教，简直匪夷所思。说来泰国是一个佛教国家，国民大都信奉"清静""善缘""不争""忍让"等佛家思想，讲究与人为善，礼貌谦和，连吵架、骂人的事情也很少发生。可是泰国又很"西方"，由于受美、日、西欧影响，表现在课堂教育上，学生们可以和老师平起平坐，不爱听了就自由走动、说话、嬉闹。你还不可以施行硬性管教，老师太严肃了会被投诉，真能把女老师们气得哇哇大哭。

不过后来曹凡发现，泰国学生也非常可爱，只要你表达一点点善意，他们就喜欢你信赖你。曹凡就琢磨出了好多点子，比如给他们起中文名字，还和男孩子一起踢足球、打篮球，和女孩子们一起过生日……

学校有一些住校的孩子，基本上都是家里有些问题的，比如没有父母等等。曹凡看着他们小小年纪就得不到家庭的温暖，心里不是滋味，就对他们特别好，像对自己的弟弟妹妹一样耐心呵护。忽然有一天，有一个男孩子过来对他说："老师你对我太好了，我不想叫你'老师'了。"

"那你叫我什么？"

"我管你叫'爸爸'吧？我就叫你'爸爸'了。"

从此，单身的中国大男孩曹凡，就在学校里被孩子们称作"爸爸"了。他的课堂纪律也变成全校最好的了，学生们的汉语成绩像大风起兮送纸鸢，越飞越高……

七

无独有偶。不，不是"偶"，而是像庞利女士说的，这些来自中国的汉语教师志愿者们，个个都出色——我参加了他们的一个交流座谈

会,聆听这些年轻志愿者们的激情澎湃的发言,让我一次次鼻子发酸,眼泪在眼眶里打转:

来自山东大学的中文系毕业生袁凯说:"我初来乍到时学生们欺生,上课听歌,一身打扮得特摇滚,我管他们,他们就挑衅地问我会说泰语吗?后来我组织他们演戏,让最皮的孩子演《三打白骨精》,练的过程特痛苦,约好1点开始,他们3点还不来。但我咬着牙坚持下来了,对他们一些奇奇怪怪的想法,鼓掌叫好,调动他们的积极性。最后,表演大获成功,这群叛逆的家伙也成了我的忠实粉丝,学汉语都特别卖力气,有的假期时还让家长带他们去了中国……"

暨南大学研一女生戴玉洁长得小巧玲珑,她是2008年5月28日到泰国,29日就开始工作了。本来她想象得很瑰丽,谁知第一节课就懵了,学生们问她会不会泰语,得知她不会就不理她了。她看着闹哄哄的课堂没人听讲,急得敲桌子,但脸上还得保持微笑,学生们觉得老师没事,就继续自顾自地闹腾。怎么办?这个倔强的小姑娘说:"我就只好在课堂上增加肢体语言,比如教'爬'字,就找一个学生在地上爬,同时像妈妈带孩子一样忍着不发脾气。后来他们就接纳我了,还说他们喜欢中国了……"

云南师范大学毕业的王婷已经来泰国3年,算是志愿者中的"资深教师"了。其实这个西双版纳的姑娘是1983年才出生的,且因为身材修长,高高瘦瘦,就显得比实际年龄更小。她一人教几百个学生,智慧地把他们分成10人一组,背书时人人争先,唯恐影响了全组的荣誉。她还充分发挥自己的西双版纳特长,教学生们唱歌跳舞,带着他们做演出服装,去区里参加比赛还获了奖。她经常收到学生们用泰、中、英文写给她的纸条:"老师你不是普通教师,就像我的朋友和亲人。"

1984年出生的袁强长得虎背熊腰,看着比实际年龄老成得多。他是比较特殊的一个,本来他大学毕业以后,已经在厦门的一家电视台上班了,可他办了停薪留职,跑到泰国来当志愿者。问为什么?他说:"很大的原因是家族遗传,因为我父亲年轻时就是他们那个年代的志愿者,每个星期天不是种树就是到孤儿院服务。现在他老了,就支持我当志愿者,我在国内时已经做了很多,比如献血、帮助孤寡老人和残疾人等等。当然,他没想到我当上了国际志愿者,比我还激动……"

哎呀,我的眼泪终于落了下来。这些可敬的中国志愿者,这些可爱的中国"80后",这些懂事的中国大孩子——他们在遥远的异国他乡,表现得竟是这么精彩和丰富,太了不起了!

八

新一代的中国"80后"。

对我们来说,他们曾经、现在,都有点让我们看不清,是令我们迷惑的一代新人。

我家也有个"80后"女儿,曾给我带来很多骄傲,也惹来我的众多烦恼。我曾和全国的爸爸、妈妈、爷爷、奶奶、姥爷、姥姥一起,称他们是"小皇帝",指责这些蜜罐里长大的孩子们,娇骄二气、自我中心、冷漠自私、不关心社会也不关心别人,忧虑他们将来怎么能担当起家国大业。

2008年是划时代的一年:先是数以百万计的中国"80后"留学生自发组织起来,同仇敌忾地保护奥运圣火在境外的传递;后在汶川大地震发生时,又有无以数计的"80后"挺身而出,或舍生忘死赴灾区救人运粮送水,或大公无私在后方献血捐款捐物,还利用自己的优长在互联网上宣传报道,相互鼓舞激励……他们做得简直太出色了,使一向对他们恨铁不成钢的大人们目瞪口呆,深受震撼而又喜极而泣。

在泰国的数百名"80后"志愿者们,同样交出了一份极其出色的答卷。这些可爱的大男孩女孩们，连泰国教育部的官员都知道他们在中国时都是父母的心肝宝贝，但他们来泰国肩负起祖国交给的重担后，一下子就长成了大人，责任感、信心、毅力、勇敢、坚强、顽韧、永不放弃、永不言败……这些似乎从来不属于他们的词汇，都在他们身上凿凿地体现出来了。请大家跟我读下面这段文字，这是一个外表看似杨柳般柔弱、内心却松柏般刚强的女孩，独自任教于空坤中学的谢文婷写的："一天我在卫生间里洗头发，眼睛的余光瞄到排水口有个脑袋探了进来，呀，蛇！我的腿立刻就软了！我立马舀起一瓢水向它泼过去。水有用吗？但我没有任何武器。我不敢伤害它，只想把它吓走。可是它又再次爬进来了！我舀起更多的水向它泼去，终于，它撤退了。我看清楚了它——全身赤红，一米多长，手腕那么粗，立着身子，吐着舌芯，很具攻击性。我为我的勇敢而庆幸……"

男孩子们同样经历了这种凤凰涅槃的锻造过程，在国内他们出了学校门又进学校门，从小到大哪儿做过饭啊，熨衣服的活儿更是夸父逐日一样的神话故事。可是来到泰国，独自一人就是一个家，必须学会奏响锅碗瓢盆交响曲；更兼泰民族对服饰的要求很高，正式场合上衣不能有皱褶，裤线必须笔直，这就逼得他们不得不把神话变成现实。来自河北大学的霍国保是在读研究生，是利用写论文的一年时间来这里任教的，每天上午教学，下午备课，晚上写论文，零碎时间做家务，他说出了他们的共同心声："一个学期以后，我们全搞定了，从一个男孩长成了男子汉。"而且十分有趣的是，霍国保的研究生论文题目是《论先锋日常语诗歌》，不知这形而上的"日常诗歌"和每天那些形而下的"日常生活"有一种什么样的血肉同盟？

我想，他们远在家乡的父母，听到这些让人牵肠挂肚的孩子们迅速成长，心里是多么的欣慰啊！可是且慢，孩子们还有更大的进步让人万分惊喜呢——他们全体，都说出了自己的最大收获："远离了祖国，才知道自己对祖国有多么爱!""我自豪:我是一个中国人,我是中国志愿者!""有了这次在泰国的从教经历,我收获了自己正确的人生观。现在我无比骄傲——我是中国'80后'!"

一个人的家乡记忆是永远的财富。这些年轻志愿者已经把泰国当作第二故乡,在他们的生命羁旅中,这一段难得而宝贵的记忆,将是他们的终生财富。

九

正确人生观的建立,加速着这些中国"80后"政治上的成熟。2008年奥运圣火传递到泰国时,听说也有几个坏分子想要加以阻挠。数百中国"80后"志愿者一传十、十传百,星夜赶到曼谷,组成了长长的人墙,用年轻的血肉之躯捍卫奥运和祖国的尊严。他们的英勇、严肃、纪律和团结精神震动了全世界,也打灭了反华势力的嚣张气焰,使捣乱们再也打不起精神纠集人马搞破坏了。

中国政府以欣喜的目光注视着自己这些青春儿女们的成长,也无时不刻关心着他们的点点滴滴,为他们提供着强大的后援支持,包括工作上和生活上的悉心照看。

张九桓大使经常亲自过问中国志愿者们的工作,高度评价这个国际项目给泰国汉语教学带来的巨大进步;同时站在国家的角度,张大使也概括出如下四条:①中国汉语教师志愿者的了不起之处,首先在于推动了汉教事业在全世界的发展,是实现中华文化走出去大战略的重要一环。②推动了中泰关系的发展,使泰国人民更加了解中国,使"中泰一家亲"更加丝丝入扣地沁进了人心。③志愿者们从一个侧面代表了中国的形象,他们是民间大使,以饱满的精神面貌诠释了改革开放以来中国的巨变。④志愿者们自身也得到锻炼,经了大风雨见了大世面,为他们今后的人生夯下了一个坚实的基础。

庞利一等秘书身为泰国汉教事业的"司令官",更是呕心沥血,点灯熬油,操碎了心。数百志愿者的姓名、年龄、性格、优缺点以及他们的所在学校、他们的工作情况,庞利能够如数家珍;同时她还不断提出培训计划,为他们安排学习交流的机会;她还不断去走访和看望他们,帮助解决切身遇到的困难。最绝的,是泰国教育部的官员们不怕他们的上司,却最惧怕庞利,因为她的认真和顽韧,使他们在她面前一点也不敢懈怠。我亲耳听到泰国基教委的昆英秘书长赞美庞利:"因为庞利老师的杰出工作,使别的国家的教育官员都坐不住了,纷纷建议自己的政府也把教育政策向泰国倾斜。"

张大使和庞利老师都笑了,特别灿烂的笑,一脸阳光的笑。我心头掠过一束激情——这就是"英雄"的作用,有时候,一个人也能创造历史。

在泰国,创造历史的人还有很多,即使是在最艰难的时候,他们也没有放弃。留中大学校友会的罗宗正主席、曾心秘书长等上百位友好人士,就是这样的前辈。顾名思义,他们都是在中国留过学的精英人物,各自都有轰轰烈烈的人生传奇,比如罗主席1966年从北京钢铁学院毕业后,曾主动要求去支援边疆,在包钢工作过8年;回泰国以后,他白手起家,筚路蓝缕,创建下辉煌的家业后,念念不忘"旧情",寻找一切机会做泰中友好事业的工作。他们也给中国"80后"和孔子学院的志愿者教师们提供了所有力所能及的帮助,使志愿者们如坐春风,感觉走到哪个城市乡村都能遇见亲人。

十

泰国政府和各级机构、各个学校,对中国志愿者们的评价越来越高，充满了由衷的感激之情。随着这些年轻可爱的志愿者们越来越成了"香饽饽"，各个学校对他们的照顾也越来越精细，使他们的工作和生活条件得到了越来越好的改变。

我们参观了几所学校的教师宿舍：高档的像公寓，几个女孩或男孩合住一个豪斯（house），每人一间，厨房、卫生间公用。差点儿的也能做到两人一间，有公共的厨卫设施，就像中国大学的教工宿舍。我们还听说了许多美好的故事：

最不可思议的：有一位志愿者老师是回民，结果学校为了照顾她，全校老师都跟着吃清真饭，不习惯吃也皱着眉头往下咽。庞利老师说这怎么行，把她调回去给你们换一个人来。校长连连摆手说不行，派不来了怎么办？

最幸运的：滕珊珊的泰国校长对她特别好，每天给她带饭吃，还给她削水果、买牛奶，春节还给发红包，不好意思接受他们还要生气。

最幸福的：霍国保的女校长51岁，有6个子女。自从有一次国保用中药治好了她的感冒，他就成了她的第7个孩子，所有正式的家族聚会一定都邀请他参加，他就跟着他的泰国亲人们摘果子、划船、泼水、载歌载舞。

最可爱的：王婷2005年刚到学校时，宿舍里基本是空空如也。后来校方给她一样样地加，现在已经加到热水器、电饭煲、网线……几乎是加无可加了，还在问她：需要什么？

最可乐的：有几个天真无邪的泰国小女生跟杨秋健要求说："老师我能不能和你谈女朋友？现在先让我妈妈照顾你，等我长大了嫁给你，再由我来照顾你。"

最感觉良好的：李明刚来时不会用泰铢，坐车给司机1000元大票人家找不开，这时一位泰国妇女为他付了25泰铢，又送给他20泰铢让他去打摩的。

最骄傲的：泰国学生给足了中国老师面子，有一项调查，在曼谷一家职业学校，日语、法语、英语课都有学生逃课，唯有汉语课是百分之百出勤率。一所从初一到高三都开设了汉语课的中学校长发自内心地称赞："校方考查了全校学生的汉语水准，平均分达到 3.4 分（4 分为满分）。这些都是因为他们跟从中国教师学习的结果。来自中国的志愿者能自我调整并很好地融入泰国社会中，得到学校领导、教师、学生及家长的信任和爱戴。"

……

青春做伴在异乡，激情大戏美名扬。中国教师志愿者们用自己兢兢业业的工作态度、勤勤恳恳的敬业作风、忠忠厚厚的待人原则、饱饱满满的精神面貌、喜喜兴兴的乐观主义，认认真真地在泰国勤奋着、努力着、顽韧着、快乐着、锤炼着、锻造着。他们无比自豪地说："我代表着 13 亿中国人。"

十一

在刚刚过去的 2008 年，中国向泰国派遣的国际汉语教师志愿者是 870 名，加上往年留在泰国的 134 名志愿者，现在泰国任教的志愿者已达千人。而自从 2003 年中泰合作的"汉语教师志愿者项目"启动以来，中国已先后向泰国派出 7 批共 2270 名教师志愿者，成为中国外派汉语教师志愿者最多的国家。

但是泰国还说不够，远远不够，杯水车薪。他们强调说："比如在基教委属下的 500 所开设汉语课程的学校中，仅有 5 位教师是汉语专业毕业，师资匮乏的程度可见一斑。"在这种情况下，中国汉语教师志愿者成为泰国汉语教学的主力军。

由于他们的工资、国际旅费以及教学用具是由中国和泰国政府共同承担的，又加上他们出色的工作使教学品质得到了高度信任，选修汉语的学生人数逐年递增，泰国人民对中国的友好情谊，也像中国人民赴泰旅游的热度一样，在一天天增长。

而放眼全球来看，"泰国现象"不孤立，它只是世界性汉语学习热潮的一个浪头。语言不仅是工具，也是经济，也是政治，也是文化，也是实力。经济走高地位也走高，语言通了一通百通——说来说去，还要感谢我们赶上了这个好时代！

身在异乡的亲爱的中国志愿者们，祖国人民感谢你们，慰问你们！

柔软的金丝猴

我自己也不知是怎么回事，岁数已经不小了，但依然是个超级动物控，见到小猫小狗，双腿就立刻被铁链锁住了似的，走不动道了，眼睛盯住人家的宠物看也看不够，直到主人将它们拉走得远远的。然而说实话，我却从来不喜欢猴子，不知是因其长得丑还是太"皮"，反正是不喜欢，家里几十只毛绒动物中也没有一只猴子；幸运的是，全家兄弟姐妹连同他们的儿孙，一个属猴的也没有，真是太好了。

全没想到走了一趟神农架，竟彻底颠覆了我对猴类的观念。

神农架地域广大，群峰连绵不绝，最高峰3000多米，不算太高，也不算特别险峻。这里的山山岭岭都站满了树，连每个石缝儿里都挤满了绿，形成一鼓包一鼓包的绿色弧线，仿佛一望无际的西兰花之海。天空蓝得纯粹，纯粹得无一丝恍惚，就像波斯猫的那只蓝眼睛，一眨不眨地盯着你，直到把你的心软化得荡漾个不停。云彩飘得纯粹，纯粹得无一丝杂念，就像你的小狗直直地向你的怀里扑来，毫无一点儿保留地信赖你。山溪奔跑得纯粹，纯粹得毫无芥蒂，从高达数百丈的山崖上纵身跳下，就像以身饲虎的佛陀，将他的血液乃至性命完美地奉献出来。空气透明得纯粹，纯粹得丝丝入扣，浸润着天地万物，就像那些能把你融化的诗句，直到地老天荒，沧海桑田……

"哦哦哦，都来，都来——"突然，天地间响起一声呼哨，是从小木屋里走出来的一位汉子，在唤"孩儿们"回家。顷刻间，山也摇了，地也动了，只见林林木木间腾起一道道金光，峰峰岭岭刮起一阵阵旋风——金丝猴群来了！

好几十只，或许有上百只，迅即从数百丈的山头上"飞"下来了，踩着树梢，踏着草叶，倏忽间，就纷纷来到我们面前，其速度之快，堪比只属于我们人类和这个时代的高铁列车！

感觉就像是飞来了一块神话中的阿拉伯飞毯，在眼前毛茸茸的草地上"唰——"地打开来，定睛再看时，大大小小的金毛猴子，坐满了一草地。最大者，壮硕的公猴王，好大的个子，站起来能达到成人的胸部，粗腰胖腹，胳膊大腿都滚滚圆，比我的胳膊还粗好多，一派风光地端坐在草地上，俨然一头大象王，俯视着群猴，除了威严，还是威严。其他猴子，都比他小了好几圈，活泼泼走动，捡拾草籽、花叶什么的，不停地往嘴里塞。还有儿童猴顽皮地追逐打闹，跟我们人类"七八岁，狗也嫌"的顽童有一拼。婴儿猴则牢牢地粘在母猴的怀里，任妈妈怎么在树林间蹿上跳下也掉不下来，真是太可爱了！

神农架金丝猴是川金丝猴的一个独立亚种，自有它们独特的族规：以家庭为一个单元，由一只壮硕的公猴王者为家长，率领众多母猴和小猴过日子。据说娶妻纳妾最多的一只公猴王，竟然有多达18只母猴"伴驾"，可以说超豪奢了吧。在家庭之上，也讲究"村"居，即多个家庭组成一个大群，"村"在一片地域里。眼前这几十只上百只，即是一个移动的村庄。

我拿着一小把花生米，高度兴奋地、受宠若惊地，同时又战战兢兢地、小心翼翼地走进它们的阵仗，轻轻蹲下身，与金丝猴们亲密接触。它们倒一点儿也不反感，兀自大大方方地优哉游哉，吃喝哉，嬉戏哉。

有一只成年猴迈着鹅步，走过来了，轻轻地掰开我半握着的拳头，看看里面有没有什么好吃的。它的小手是那么柔软，最初触到我手的一刹那，令我浑身一激灵，一股温暖的电流从心头滑过。它看到了花生米，并没显出狂喜，平平静静地抓起来，放进嘴里嚼着，仿佛吃个下午茶，享受完了，就理所当然离开了，也没说声谢谢。正当我有点儿失落时，另一只猴儿又来了，当发现我手心里空无一物，也没表现出一丁点儿的失望、愤懑和气恼，只是轻轻放开我的手，转身去草地上捡拾草籽了。第三只又过来了，同样如此。每一只都矜持得像见过大世面的富家子弟，在劳斯莱斯面前，眼都不眨一眨。

同伴们纷纷举着手机，争抢着与它们合照，猴儿们习惯性地瞅也不瞅，只顾忙活着自己的事情。于是便出现了这样一幕美景：绿茸茸的茅草地，蓝莹莹的天空，一大群披着金丝衣的猴子在欢快地觅食玩耍，中间夹杂着几个皱皱巴巴的人，极力巴结着身边的山大王。这情景我一辈子只经历过两次，另一次是某年在林肯纪念堂前，时值傍晚，一队一字型大雁忽然自天边飞来，优雅地落在一小片草地上，走动了几步活动活动脚踝，就收起翅膀和双脚，卧下休憩。人们就在身边，大人在走动聊天，孩子们追逐打闹，大雁兀自把头埋入翅膀，安心睡去，毫无戒备之心。我蹑手蹑脚走到它们中间，发现这些褐色的大雁，身躯竟然那么大，每只都有半人高，像一头头小羊似的，根本与天空中那寸长的"一条线"不是一个文本……

走进动物世界，何其难，又何其容易！

我想再要几粒花生米，但他不给了，说猴子吃多了会腹泻。他是谁？小木屋汉子，肤色黝黑，身量不高，五十多岁年纪，壮壮实实的一个"山民"。嗨，我当时犯的大错误，就是真把他当作一个普通的山民了，还跟他说："那么问题来了，就王者一只猴幸福满满，其余猴子怎么办呢？"

他大概觉得我这话太外行，没吭声。

是啊，神农架的金丝猴群真够霸气的，其"霸道条款"就是这么规定的，公猴长到成年，就会被猴王逐出家庭，免得自己的地位受到挑战。家家被逐出的公猴，孤苦伶仃的，在严酷的大山里很难生存，不得已便只能抱团取暖，组成一个雄性大家庭，大伙儿聚在一起凑合着过。等季节的风霜雨雪给它们练就出一身强健的筋骨，等岁月的曲折坎坷给它们披上一层坚硬的铠甲，它们中的最出类拔萃者，就会跳出去向猴王挑战，如果战胜便取而代之。世世代代，神农架的金丝猴们就是这么生存下来的。

那么问题又来了，王猴只有一个，它的雄健确能保证小猴的质量不至于越来越弱化，但不能保证猴群数量的增长啊。再加上苟且偷生的众公猴，毕竟不能保证一辈子都不生二心，它们也会聚啸山林，打家劫舍，纷纷抢个"民女"做自己的压寨夫人嘛。从理论上讲是这么回事，所以公猴群之间的战争时有发生，也是会有牺牲的。

如此下来，方方面面，年深日久，金丝猴的数量很难保证，减少很易，增长太难。外界生存环境的巨大改变，也是金丝猴面临的巨大危险，20世纪五六十年代开始的大规模伐木工程，差点儿砍秃了神农架的山山岭岭，等人们意识到需要掉回头来护山植绿时，金丝猴的数量已经锐降到令人哭泣的地平线。当时只剩下二三百只了，濒临灭绝，遂被宣布为国家特级保护动物。

我在神农架林业历史馆看到一张张惊心动魄的图片：一根根澡盆般、水缸般、脸盆般、水桶般、饭碗般、茶杯般……粗细的大树中树小树，被砍倒、被断枝、被剥皮、被切割成长长的树段，往大山外面拉走。本来绿幽幽的生机勃勃的大山，被划破了胸膛，被磨破了皮肤，露出了由大大小小砂石覆盖的山道，那都是山山岭岭流出的血啊！于是，一座山又一座山，一道岭又一道岭，没几个春夏秋冬、没几个花开花落，几十万年时光养育出来的神农架，秃了……

幸亏改革开放的春风吹来了，大喇叭里传来的不再是"抓革命，促生产",变成了"绿保,绿植,绿护,绿养"。最让人长歌当哭的,是神农架做出了一个惊天地、泣鬼神的决定:在全林场数百员工中,擢拔出了最骁勇的八位勇士。小伙子们都十八、二十郎当年纪,个个头发漆黑如乌鸟,眼睛明亮赛山溪,体壮、精明、勇毅、果敢、胆大、心细,具有责任心和事业心,不怕困难不怕牺牲。要派他们去做什么呢?

开天辟地以来,神农帝搭架晒百草以来,中国第一次,人类第一次,跟踪金丝猴群,不,是追踪金丝猴群!试试能否跟它们亲近,想方设法帮助它们繁荣富强起来。

责无旁贷,筚路蓝缕,八勇士肩负无限荣光的使命,背起殷殷切切的目光,决绝地上路了——

他们真行啊,像那些浑身闪着金光的山大王一样,逢山跨山,遇水越水,临渊越渊!只是我不知,当山大王们"飘"过林林木木的树梢时,八勇士是怎么跟着飞过去的?难道他们个个都练出了武林神话中的飞天走地功夫?当时神农架的深山老岭里,根本没有路哇,只有遍地的毒蛇毒蝎毒虫,还时常会冷不丁蹿出黑熊、野猪、花豹、狼,甚至传说中的华南虎……最难以想象的还是速度,速度是描述物体运动快慢的物理量,猴宝们的速度当然是疾如风、快如电,眨眼之间就到了对面的山头,它们是大山的精灵,人类笨拙的肉身怎么追?平地你都追不上,眼睛你都追不上,何况你沉重的双腿?

我实在、实在想象不出当时的情形来!

不过中国人最爱说一句话,"没有做不到,只有想不到"。信然!金丝猴虽是大山的精灵,八勇士更是神农架的神,当东君大帝的驾车"轰隆隆"驶过1800多天之后,当神农架山山岭岭的大树中树小树又长胖了5圈之后,八勇士终于神奇地成功了,他们带回了两个金丝猴群!这是自有人类历史以来,他们创造的生物学和动物学上的伟大奇迹。到目前为止,全世界只有神农架的这两个金丝猴群,接受了人类给予它们的食物和方方面面的照顾，从而接纳了人类，信赖了人类，亲近了人类，与人类建立起了共荣共生的亲密关系……

无可争议的是，神农架金丝猴是世界上最漂亮、最高贵的猴子，你看，它们圆圆的头上，顶着一大簇"T"字形金丝毛发，简直就是一顶显赫的王冠。下面连接着两个乒乓球般大的淡蓝色毛圈，里面镶嵌着两只黑玛瑙似的眼睛，还有两只黑宝石般的鼻孔。嘴被罩在一个雪白毛色的圆圈圈里，闭上时呈现出一条美丽的红线。两腮上各有一片褐色的金毛，逐步向脖子下面浸润过去。它们的胸膛是白色的短毛，一直铺向两只壮硕的胳膊内侧。胳膊外侧则是一条很宽的深棕色长毛，不仅增加了它们毛色的多彩，更是一件对外宣示"我很厉害"的铠甲，警告其他动物不要来侵犯它。就其"精神内涵"来说，金丝猴也比普通猕猴高贵得多，它们的温和与柔软，源自非常懂得自爱，在全世界面前，它们永远把自己收拾得干干净净，举手投足都很有分寸，用绅士和淑女的高标准严格要求着自己。它们永远不偷不抢不弄奸耍滑，只认认真真靠自己的勤劳吃饭。它们永远不张扬不自夸不炫耀，只低调地做好自己。它们永远不欺瞒不扯谎不撒泼耍赖，不把族群氛围和社会空气搅得一团腐烂。它们也永远不阿谀奉承不出卖自尊，绝不为了升官发财而不择手段地像变色龙那样跳来跳去……

我真心爱上了这些可爱的神农架精灵。一想到它们柔软的小手轻轻掰开我的手指，那温柔的感觉就立刻像过电一样，在我心头一道又一道滚过热流。爱屋及乌，我甚至从此一改对猴子的偏见，像爱宠物猫狗一样，恨不能跟它们亲近，成为它们信赖的亲人。

"天地与我并生，而万物与我为一。"

"两个黄鹂鸣翠柳，一行白鹭上青天……"

天上的流云开始泛红了。神农架的火烧云好瑰丽，熊熊燃烧的彤云红光闪闪，亮得刺眼，而且像大群金丝猴宝们一样疾速腾跃着，飞转着,翻江倒海着,不一会儿就把整个儿西天烧成了一片火海。该下山了。

小木屋汉子呼哨一声,猴儿们像听到了集合号,一下子都停止了活动,沉静下来,望向我们。大山忽然寂静了,山山岭岭的林木也都停止了歌吟,世界一下子都跟着柔软了。顷刻,只听林木间刮起一阵大风,只见树梢上金光闪闪,金丝猴们都"飞"走了。我们呆在草地上,揉揉眼睛,像做了一场金色的梦……

那只名字叫"大胆儿"的猴儿也走了。它相当于我们人类"第一个吃螃蟹的人",第一个接受了八勇士赠予的苹果,那是用茅草包裹做了伪装的,尽管有点儿害怕,但"大胆儿"还是勇敢地咬了第一口。其他猴宝看到了,踟蹰着蹭到它跟前,用怀疑的目光审视着,最后终于忍不住,犹犹豫豫地问它:"好吃呣?"看到它得意地点着头,惬意享受着美味的样子,猴儿们终于忍不住了,一哄而上,都去捡了吃起来。就这样,它们慢慢接受了八勇士,渐渐信赖了他们送去的食物,也大着胆子跟着他们去游玩——万物都是有灵性的,你爱不爱对方,对方信任不信任你,其实看看对方的眼睛,一切都了然。

这太重要了!金丝猴们的生存艰难备尝,尤其是到了冬天,天地萧瑟,大山休眠,没有了食物,猴儿们冻饿而死的概率大增。20世纪60年代,神农架的金丝猴只剩下四五百只,眼看就要面临灭顶之灾。现在通过几十年的精心呵护,人工干预下,数量逐年递增,已达到1400多只,用小木屋汉子的话说:"这是几代林业保护人的付出才换来的数字,只不过这增速还是太慢了。"所以到现在,金丝猴还是极度濒危物种。

唉,可怜的猴儿们,又何其有幸的猴宝们!

"几代林业保护人",这句话在我心里刮起大风,也再度引起了我的追悔莫及且内心不安——这即是我前面说过的自己犯的那个错误:告别神农架山山岭岭的归途中,我才得知,那小木屋的貌似山民的汉子,就是当年的八勇士之一。

虽已是初秋,大山依然在奋力高举着满山的浓绿。或者也可以说,满山的浓绿高举着绵延起伏的山山岭岭。我是第一次来到神农架,来之前做了功课,摊开中国地图,惊讶地发现从地域学上讲,神农架竟然有着那么大的地盘,从南到北,差不多半个西部都是它的疆域。全中国,也很少有人不知道神农架的,这可能与它神秘的"野人"传说有关。呵呵,我对"野人"不以为意,即使他们真的存在,也不应该打扰他们,为什么不能让他们平平静静地过自己的日子呢?岁月静好,众生平等,高天厚土,万物有福。神农架最让我感动的,我内心被极度震撼到的,还是八勇士。

那朴朴素素的小木屋上,虽然没挂上金碧辉煌的牌子,然而它是令人敬仰的"神农架国家公园科学研究院大龙潭金丝猴野外研究基地"。那被我错认为山民的汉子,名叫黄天鹏,几十年山风呼啸、大雪纷飞,他一直在基地坚守,如今早已熬花了头发,仍不肯下山,指导着年轻的后来人。小木屋内现在做的工作,是全天候跟踪监测金丝猴,收集基础数据,配合科研机构大专院校开展相关课题研究。目前,基地有中科院大学、中南林业科技大学的研究生、博士生常年驻守。基地还通过互联网,搭建了一个科研科普展示平台,面向全球开放,与全世界的科学家共同科研协作。

难怪黄天鹏一声呼哨,猴宝们就都来了,几十年呕心沥血的"老父亲",几十载相依为命的"儿孙情",堪比"慈母手中线,游子身上衣。谁言寸草心,报得三春晖"。

其他七勇士的情况是:杨敬龙、杨敬文、田思根已退休;刘强、余辉亮、姚辉调到院机关,后二人升任副院长;吴锋调到局保护与综合利用科。因为长期在高海拔地域工作,当年这八位全林区最精壮的小伙子,如今身体都受到损害,分别患有心脏病和心血管疾病、关节病、风湿病等，不止一人做了心脏支架等手术。我一遍一遍地想：他们在我心目中，是共和国级别的英雄，如果当时我知道，我一定要向他们三鞠躬。

就冲这一点，我还要再去绿宝王国神农架，与山山岭岭的树木一起，与清清澈澈的溪水一起，与洁洁净净的空气一起，与优哉游哉的动植物一起，与可爱的宝贝金丝猴一起，庄严地补上这个大礼。

同时，我吁请所有去到神农架的人们，向八勇士致敬，向所有坚守在基层岗位上的护林员、保护者和一众工作人员，致礼，致敬！

原来武夷也姓"赣"

一

中国的大名山实在是多，即使如此，武夷山肯定也是在列的。然而我敢说，大多数中国人都会认为武夷是福建的山，而并不知晓它居然也姓"赣"。其实该山有21.8%的面积是属于江西省的，而且总面积1280平方公里的武夷山国家公园，一峰连绵一峰，一岭接续一岭，无数奇峰林立的山头中，最高峰黄冈山是在江西界内，海拔2160.8米，不仅是武夷山众峰统领，而且在我国东南诸山之中，也有雄居第一的威名。

早年我是到过武夷山桐木关的。桐木关是武夷八大关之一，雄居闽赣两省交界处，通关盘山而上可至黄冈山顶。现在的关楼是一个不太高的中式建筑，下面中央是一个倒"U"型门洞，上面站着一个双翅飞翘的大屋顶，形象有点普通。那年我是从福建那边到桐木关参观的，当时还有人说，大家同志们都跨过去站一站啊，就算到江西地界了。可惜后面的话他没说，我们大家同志们也没往深一层想，那不就是原来武夷也姓赣的红土地之省吗？

今天这一趟走到江西铅山县，才得知赣武夷的三代老表们，为这片国家自然保护区（现已升格为国家公园），做出了多么巨大的贡献！

二

桐木关城楼下，簇新的公路像山间溪水，仿佛带着"哗啦啦"的歌唱欢畅地流过关门。两旁高立的山头上，油桐、青竹、绿藤、碧草、翠苔、鸟语、花香，景致完全是无缝衔接，大自然才不管你是姓"闽"还是姓"赣"。然而，增加了人的因素，俨然就觉得是两个不同的世界了。

——却原来，这边有一片山崖做成的大墙，上书斗大的红字"未经批准，禁止任何人进入自然保护区的核心区"，下面是同样鲜红醒目的英文标示。回头看，穿着森林警服的工作人员，正一丝不苟地站在岗亭前，一丝不苟地检查核验，一丝不苟地严阵以待，一丝不苟地准备出列，就像将要冲出战壕的将士。

——却原来，这边的关楼上，还有一层楼高的一排黑体字"江西武夷山国家级自然保护区"。那字相貌很凶的，从高高的城楼上压下来，形成一种不怒自威的压顶之势，很有一种张飞喝断当阳桥的不可冒犯的凛然。

——却原来，关楼下面的岗亭旁，还立有两大块一米多高的牌子，红底大黑体白字"禁止松材及其制品进入武夷山国家公园"，"非法买卖调运松材线虫病疫木是涉嫌犯罪行为"。我虽不太知道什么是"松材线虫病"，但可想而知，这是对林木非常严重的一种危害，同时也能触类旁通，联想到其他一切病虫害。这两块牌子虽然只有一米多高，但也给人一种泰山石敢当的威严感，亦让我看到保护区"双肩"上的重担！

——却原来,我们今天得以进山采访,也是提前多日就递交了申请,经过层层严格审批的。在这样严格的审批下,赣武夷这片自然保护区,每天只允许5辆车上山,多一辆都不行。为什么呢?是怕惊扰到山上的精灵们。

三

我替江西武夷山国家级自然保护区的精灵们幸福着。

——你看,那边兴高采烈来的是一只黑熊,看来它是惯犯了,胳膊一抬,冲着保护区饲养的蜂箱伸出毛茸茸的大爪子,轻车熟路地一提拎,就把整个箱子抱走了。它知道里面有自己最喜欢吃的蜂蜜,今天又可以美美地大"甜"一餐了。

——你看,那边奔来了一头野猪,小而窄的头颅里面,不知在打谁的主意。全身黑毛厚厚的,像穿了好几层绒衣,个头儿真不小,以至于让我露了个大怯,以为它是黑熊,从此落下一个"指猪为熊"的笑柄。

——你看,那边蹦跳着来了一只小鹿,像一个娉娉婷婷的少女,机机警警地抬头看看四周围,然后才放心地翩翩起舞。不,它哪儿是小鹿,而是武夷山特有的黄麂,它可珍贵呢,是国家级保护动物。比它更珍贵的是它的小弟黑麂,这顽皮小弟个头大,胆子却特别小,娇生惯养到白天根本不出门,只藏在山洞里吃斋,念不念佛谁也不知。因为它们的数量太少了,研究数据非常缺乏,因此被称为"世界上最为神秘的鹿科动物"。它们和大熊猫一样是中国特有的物种,是国家一级保护动物,亦被称为"黄冈三宝"之一。我最喜欢的是它们的发型,天然地呈怒发冲冠之势,朝天支棱着,像火焰一样,也不知它们愤怒什么?对谁愤怒？干吗要愤怒？

——你看，说曹操，曹操就到了，"黄冈三宝"之二的黄腹角雉来了。真是傲慢啊，迈着帝王般的步子，真有点像拿破仑。当然我说的是雄性雉，它们头上竖着两根蓝色的角，像古埃及皇冠上的翎毛，在今天来说更像路由器上的两根天线。身上披着华美的羽毛，仿佛帝王的大氅。最为奇特的是胸前吊着一个翠蓝底色、上面齐整排列着一指宽红色条纹的肉裙，呈"U"字形，长至肚腹，花环一样盛开着。奇妙的大自然真能把人惊倒，这种造型，不能不让人立刻联想到奥林匹克运动会的颁奖仪式，获奖的运动员们往往伸着脖子，让颁奖者把缀着奖章的金红色绶带套在他们胸前。有样学样，你不能不承认，我们愚笨的人类，真的可能就是跟黄腹角雉这可爱的小鸟学来的。不过"黄腹角雉"这名字读起来真有点拗口，所以当地人更愿意称它们为"角鸡""寿鸡"。它的个头比家鸡稍大一点，是1857年由英国人Google在福建西北部发现并命名的（我说这名字怎么这么别扭呢，敢情是老外的洋腔洋调）。目前这"鸡"在世界上只有4000只左右，零星分布在我国湖南、江西、浙江、福建、广东、广西等亚高山地区，珍稀程度堪称"鸟中大熊猫"。由于它们的最大密度种群在黄冈山核心区内，因此江西铅山县被命名为"中国黄腹角雉之乡"。

——你看，白鹇也迈着优雅的步子走来了。如果说黄腹角雉是皇帝，那么白鹇就是皇后。它从头上的红顶子一直到长长的尾羽，披着一件雪白的斗篷，覆盖着肚子上的纯黑羽毛。再如果说黄腹角雉像拿破仑，那么白鹇就像伊丽莎白女王，娴静从容，心态特别好。我记得曾在福建太姥山的茶丛中见到它，当时手心里托着几粒花生米，它就温良地前来啄食，不急不躁，不争不抢，那时我就爱上了它。赣武夷白鹇比太姥山的要大一些，羽毛更干净，红黑白分明，大概是远离人类的原因。

——你看，不得了了，所有的鸟儿似乎都听到了信儿，纷纷都赶来了，宛如过去闭塞乡村里的大姑娘、小媳妇围观看热闹一样。光国宝二级的就有凤头鹰、大䴔、普通䴔、勺鸡、褐林鸮……还有斑嘴鸭、环颈雉、翠鸟、冠鱼狗（是鸟不是狗）、黄冠啄木鸟、家燕、烟腹毛脚燕、白鹇鸽、红嘴蓝鹊、北红尾鸲、红尾水鸲、红嘴相思鸟、黄颊山雀、黄眉林雀、冕雀……最后，和黄腹角雉同等级的白颈长尾雉也耐不住寂寞，终于放下国宝一级保护动物的高贵架子，加入了这场森林大狂欢。你就看吧，头顶上，百鸟展翅舞翩跹；你就听吧，众喙放声齐歌唱，本来大山里就绿树婆娑，光影迷蒙，这一下更成为童话世界了。

于是从四面八方、大山深处，又跑来更多看热闹者。不，准确地说，是赶来了更多参与热闹的动物们，除了怒发冲冠的黑麂和呆萌可爱的小黄麂，还有藏酋猴、黄猴貂、中华鬣羚、毛冠鹿、豪猪、果子狸、猪獾、鼬獾、华南兔……今天这是怎么了，是动物们的六一儿童节吧，众生平等，和睦相处，一个比一个玩得高兴，直看得我目眩神迷，陷入了一种真想投身其中的冲动。

这真是个让人艳羡的生灵仙境啊，大山里还有着多达5000多种植物呢，植被分布的海拔梯度由低向高，依次为常绿阔叶林、针阔混交林、针叶林、中山矮曲林、中山草甸，是中亚热带最典型的植被垂直带谱。还有几百种漂亮得像七彩霞光般鲜亮的昆虫。还有我不愿提及名字的"五毒"，它们虽然相貌丑陋，但也是大自然之子，它们生猛的存在也是环境上佳的证明。可惜我不能再写下去了，因为还有更重要的事情要讲。

四

赣武夷的大山林中，也并非满目皆绿。当然绿色是背景，是基调，是主旋律,而参与演奏这场绿色交响曲的,还有雪色的条条山溪,金色的斑斑阳光,树影间露出的点点蓝天,以及雨后横跨山崖的煌煌彩虹。负氧离子之多不用说了,人人的肺都被洗得清清爽爽,连说话的声音都变得脆甜脆甜的了。

——我们沿着他的足迹,在大山里寻寻觅觅,他是辛弃疾,这条路是他当年走过的。

苏轼与辛弃疾是我心中的两位大神。我崇拜"大江东去,浪淘尽、千古风流人物"的豪迈,苏东坡的豁达可说是人而为人、笑对人生的最高境界;我景仰"想当年、金戈铁马,气吞万里如虎"的壮怀,辛弃疾的家国情怀永远都在子孙万代的心中熊熊燃烧。稼轩先生的一生,首先不是文人,他也并不想做个"一代词宗",那是他看不上的轻飘飘,他22岁就结集了2000多人投入抗金的战斗,曾带着几十名亲兵闯入数万金兵的大营,将叛徒张安国捉了回来。可惜他被偏安江南的南宋小朝廷不容,42岁起就被免掉官职,在江西信州(今铅山一带)闲居了20多年,最后终老在这里,至死也未看到北国收复的那一天,也再未回到出生地山东老家。他把自己的忠骨,永远地留在了赣武夷青山怀抱的瓢泉。

我们在先生的墓前肃立,献上三炷香,饮尽一杯酒。一片云彩飞过,遮去阳光,"沙沙沙"洒下一阵英雄泪。"我见青山多妩媚,料青山见我应如是";"陌上柔桑破嫩芽,东邻蚕种已生些";"稻花香里说丰年,听取蛙声一片";"大儿锄豆溪东,中儿正织鸡笼;最喜小儿无赖,溪头卧剥莲蓬";"谁家寒食归宁女,笑语柔桑陌上来"……以前背诵辛词时,这些句子都不是我特别喜欢的,因为觉得太闲适、太烟火气了,远不如他的"把吴钩看了,栏杆拍遍,无人会、登临意"。如今才明白,原来这是被闲适的稼轩,被迫从将军变身为文人的稼轩,被

"凭谁问,廉颇老矣,尚能饭否"的不甘的稼轩。

蓦然回首,个人只是微尘一粒,若不幸赶上暗黑时代,即使"弓如霹雳弦惊"的大英雄辛弃疾,也只能无奈地"唤取红巾翠袖,揾英雄泪"!

——我们沿着他们的足迹,在大山里寻寻觅觅,他们是朱熹、陆九渊、陆九龄、吕祖谦,这条路是他们当年走过的。

朱熹是南宋时期的大哲学家、教育家,被称为理学大师,其学术思想在中国文化史和思想史上卓有地位,后人评价甚多甚高,此处无须多说。陆九渊的头衔也是南宋时期著名哲学家、教育家,被称为"心学之魁",他的心学说"主要强调人的本心作为道德主体,自身决定道德法则和伦理规范,使道德实践的主体性原则凸显出来",恰与朱熹的理学说分庭抗礼。精彩的是浙东学派代表人物吕祖谦,还嫌事情闹得不大,于南宋淳熙二年(1175年),特在赣武夷山脚下的鹅湖寺设了一个局,请朱熹、陆九渊当面辩论,还请来饱学之士陆九龄助阵。史载,四位学问家相与激辩,众多文化名士座下旁听,场面盛极一时。朱说朱有理,陆言陆有道,话锋锐利无比,气势夺人心魄,最后谁也没能说服谁,留下了"理学"与"心学"共存的局面,也流传下史称"鹅湖之会"的佳话。善哉,古往今来,我中华有多少大神级别的精英,又有多少卓然不群的才人,然而哪一位也不可能穷尽真理,因而只能共存,"顿渐同归",各自贡献出个人的一点认识与发现,涓涓细流,汩汩流淌,从而汇成浩浩汤汤的文明的大河,滋润和哺育民族的子子孙孙。何况目送青天,横览大地,世界各民族亦都创造出了辉煌灿烂的文明与文化,薪火相传,共荣共生,才使我们这个星球能够筚路蓝缕地走到了今天。

如此说来,"鹅湖之会"具有了更深广的意义,四位学问大家不仅擦出了学术火花，更碰撞出人类文明之花。四子后人在此建立起"四贤祠"以为纪念，经过千年以来的演变，今天此地已成为供人参观游览的"鹅湖书院"，全国重点文物保护单位。

古人真有眼光，专会选择好风景好风水，书院背靠连绵青山，被远远近近的绿树环抱着。最外面的大门楼上，依然高悬着古意盎然的"鹅湖书院"四字，一看就非今人所书，据传是清代铅山县令李淳所题。书院内的四贤祠、御书楼、文昌阁、讲堂、碑亭等处，亦都有题匾，比如"斯文宗主""穷理居敬""敦化育才""继往开来"等等。一匾匾也都是古雅沉静，遒劲厚重，全无浮躁与浮华之气，不由不让人心生敬仰，浮想联翩。

整座院落仍完整，全部建筑依然在，其森森古意、琅琅书声、烨烨精气神儿，也都还像庭院内的老树一样，挺着腰杆，开阔胸襟，不卑不亢，沉稳有度地挺立着，向后来人讲述着诸子先贤们的谆谆教诲……

——我们沿着三位大师的足迹，在大山里寻寻觅觅，他们是白居易、王安石、李商隐，这条路他们当年都来走过。

白、王当年是什么心情，因为丢失了他们的诗文，已渺不可考。唯有李商隐，这位中国最早最优秀的朦胧诗人，留下了一首《武夷山》：

只得流霞酒一杯，空中箫鼓几时回。
武夷洞里生毛竹，老尽曾孙更不来。

这是什么意思？一千个人里面有一千个哈姆雷特，对照他的"沧海月明珠有泪，蓝田日暖玉生烟"等朦胧诗句，很难言说他的真实心情究竟是什么，但至少从字面上看不出"正能量"。李商隐这个文学气质一流高端的大才子，只因无意间卷入党争，致使一生不顺，困顿坎坷，有时竟到了吃不上饭的极贫地步，简直比杜甫活得还悲苦。他哪儿有心情像今天的我们，不断高声地歌吟山高林密，颂扬潺潺流水？

然而重要的，是他来过，让赣武夷更多了一个支点。

五

对，支点。伟大的阿基米德曾说过："给我一个支点，我能撬动整个地球。"

——我在空寂无人的大山里，踩着坑坑洼洼的土路，深一脚浅一脚地行走。路只有两米多宽，地面上的成分是土和碎石渣，时不时还会被大一些的石块绊一下，这种路，20世纪80年代以前很普遍，这几十年已经渐渐陌生化了。走得我的膝盖好辛苦，脚好疼。

为了不干扰动物们、昆虫们、植物们的生活节律，保护区里坚持不修新路。没有文件硬性规定，这是守护者们自己的选择。结果，辛苦的是他们自己，困难的是他们自己，麻烦的是他们自己，但是他们心甘情愿。如今这里的守护人已经薪火相传到第三代，三代人坚守着相同的"支点"。

程林，保护区科研管理科科长，算是"护二代"。恰好姓了一个"程"，父亲给他取名"林"，谐音"成林"，表达了"护一代"的所想所愿，令人眼眶发热。程林在这样的氛围中长大，出去上了几年大学，选择的是植物学专业，毕业后就立即回来了，所学所用，用武之地上展开了英雄的功夫。没学过的比如昆虫学和动物学，在保护区这所大学校里自学。十多年下来，天上飞的，林里跑的，地下扎根的，差不多所有的生灵都跟他熟了，以至于有一次，一条剧毒的竹叶青蛇跟他猝不及防撞了个脸贴脸，竟然没咬他，就滑走了。万物有灵，其实无论是他，她,它,内心里都明白谁对自己好。程林笑称自己是被剧毒蛇亲吻过的人,我定定地看着他平静的脸,思忖着他的"支点"在哪里。

——我在空寂无人的大山里,踩着坑坑洼洼的土路,深一脚浅一脚地行走。在保护区最著名的铁杉树王面前,我虔诚地站住了,双手合十。这株王者,已有近500岁高龄,主干笔直笔直的,顶端直插青天,仰头看不到它的梢头;树腰以下又直插向下面的悬崖,俯身看不见底,只看到袅袅云雾升腾着,让人头晕目眩。最漂亮的是它一条一条"手臂",错落伸展着千手观音一样的造型,因而也真得到了这个美名。在这位"观音菩萨"身后,率领着一眼望不到边的铁杉军团,一株株像阵仗里的士兵,挤挤挨挨地密集排列,一个军团接续又一个军团,乃至方圆400余公顷全是它们的军营。南方铁杉为松科铁杉属下的一个变种,是我国特有的珍稀裸子植物,第三纪子遗物种,被誉为植物界的"活化石"。在我国其他地区只有零星分布,唯在黄冈山区域保留着树龄约300年的铁杉原始林,因而也是"黄冈三宝"之一。不知为什么,我脑海里浮现出辛弃疾的《破阵子》,不由得吟诵出声:"醉里挑灯看剑,梦回吹角连营。八百里分麾下炙,五十弦翻塞外声,沙场秋点兵……"

一辆小而轻的电动摩托车无声地停在面前,原来是护林员。他们是铁杉以及保护区所有林木的忠诚卫士,一天24小时,一年365天,天天不停地在大山里巡逻。最早,第一代护林员们靠的是双脚,后来有了自行车,现在换成了电动轻骑。我有点冒失地说:"这么百丈深渊的,即使公开施工,调机械来伐树,都很难做到啊。"护林员严肃地看了我一眼:"嗨,你可小看偷盗者们了,他们的能量大着呢。"我愣住了,想起2021年贵州发生的盗砍古树案,连同一株春秋时代的2600岁古楠王在内,一共有30多棵古楠木被盗毁。现在,这看似平静的赣武夷大山里，竟也隐藏着如此残酷的"战争"呢！我定定地看着护林员严肃的面容，思忖着他的"支点"在哪里。

——我在空寂无人的大山里，踩着坑坑洼洼的土路，深一脚浅一脚地行走。大山突然在这里站住了，眼前的小小山坳里，出现了一排简陋的铁皮房。屋子里有四张上下叠床，简单的被褥，还有一张小小两屉桌，上面摆着一台24英寸的老式大肚子电视机。对面是间小厨房，立着两个煤气罐，几个盘子和碗，很简陋。屋外，却赫然立着三块牌子：

海南师范大学·江西武夷山国家级自然保护区
生态学野外研究基地

北京师范大学·江西武夷山国家级自然保护区
濒危雉类研究基地

南京林业大学·江西武夷山国家级自然保护区
生物多样性保护研究基地

虽然经过风吹雨打，牌子都很旧了，褪色，裂纹，有尘土，然而光彩照人。这排朴素的房子是给来这里搞科研的师生们提供的临时住所，物质条件虽然简陋，但从精神意义上讲，却高贵得令人肃然起敬。

空寂的大山，可不是空洞的大山，而是一座宝库。保护区承担的任务多了，护林、科研、教学仅是其中的三大项。仅就科研来说，长江有多少条支流，黄河有多少朵浪花，保护区的科研项目就有多少分支分属。那么人手呢？保护区管理局从上到下，仅有30多人，当然是远远不够的。于是他们无论男女，无论老少，无论是"护X代"，每个人都干成了一尊"千手观音"。

张彩霞，管理局宣教中心一级主任科员，年纪40出头吧，是风风火火的那种女人，说话干事都直奔主题，不耐烦拖泥带水。她和丈夫是大学同学，毕业后远离山西老家，跟着来到这片遥远又陌生的大山里，并像铁杉一样扎下了根。女儿从6岁起，就经常性地过上了爸妈不在家的日子，现在长到16岁了，更是自己照顾自己，基本上自己解决一切问题。委屈不委屈？那是肯定的，但母女俩嘴里说出的，都是淡淡的三个字："习惯了。"

就在我们说话的时候，"小客人"们可来劲了，它们是不知从什么地方赶来的小飞虫，比小米粒还小，劲头却无与伦比的大，飞蛾扑火一般地往我们的衣服里钻，往头发里钻，往鼻孔里钻，往嘴里钻，最受不了的是往眼睛里钻！钻！钻！大概平时太难得见人了，它们死缠烂打，前赴后继，宁死不屈，粘上你就不撒手，不一会儿白色衣服就被"霸黑"了。我们不断地扭动着身体，倒腾着双脚，挥舞着胳膊，严厉地拒绝着这份太过分了的"亲密"。唯有张彩霞钉子一样站在那里，像一尊刀枪不入的女金刚。我定定地看着她安之若素的脸庞，思忖着这位北方女子的"支点"在哪里。

六

告别的时刻还是来到了。

依依不舍。这会儿，一切都颠倒了过来，我觉得自己变成了那些小飞虫，只想紧紧地粘在保护区的每一株绿树上，每一朵鲜花上，每一片白云上，每一丝雾岚上，每一滴溪水上，每一缕阳光上，以及每一位守山人的心上——正是他们和保护区的所有生灵，共同发力，举起了座座山峰，举起了道道彩虹，举起了高天厚土，举起了古往今来，举起了千秋万代。

像高举着一面辉煌的旗帜，他们把整座巍峨的武夷群山，高高举向苍穹。

澳门的心

一到澳门，我就被澳门的心吸引住了：她里外透明，很朴实，很纯正。

甚至没到澳门之前，早在差不多 10 年之前吧，我就已经很知道这一点了——那一年我们两岸三地的女记者在厦门召开交流会，来了两位澳门报界的女记者。在亮亮丽丽的台湾女记者面前，在风风火火的香港女记者面前，在轰轰烈烈的大陆女记者面前，两位澳门的女记者总是很低调，很谦虚，甚至有些羞涩和木讷，逢到要她们讲话时，俩人总是羞赧地笑笑，简单地说上两句，就躲到大家的目光之外去了。那是我第一次接触"澳门同胞"，尽管没有亮亮丽丽，没有风风火火，没有轰轰烈烈，但我对两位澳门女同仁留下了极好的印象，我喜欢她们那种内敛、实在和安静，喜欢她们的少说多做，沉默是金，也从她们身上看到了澳门的心，很朴实，很纯正，踏踏实实，重剑无锋。

可是我现在到了澳门，一时却恍惚了，不知道澳门的心在哪里。

我执意去找一找。

一

大三巴牌坊面前人流涌动，热闹非凡。来自全世界的游客，肤色白的、黑的、黄的，服饰红的、绿的、花的，长得美的、帅的、丑的，人人兴高采烈，纷纷在情绪高昂地拍照留念，唯恐辜负了这大美的景观。

大三巴牌坊是澳门最具代表性的名胜古迹，被誉为"立体的圣经"，是澳门的名片。我第一次看到它的照片，是在澳门回归那一年的春天，一位不知名的热心读者，从澳门寄到编辑部一包明信片，上面第一张就是大三巴牌坊。呀，刚看到它的第一眼，我的心就被它天国一般的精美绝伦震撼了，当时人的视野还很原始，互联网之手远远没有像今天这样随心所欲，想看哪儿轻轻一磕"老鼠"，就能够尽情地、没完没了地看个够。我把大三巴的照片夹在自己通讯录本子里，随时随地就拿出来看看，同时在心里做出一个瑰丽的梦：将来有一天，我一定要去澳门，亲眼看一看大三巴。

今天我终于来了！来之前，当然做足了功课：大三巴牌坊是1850年竣工的圣保罗大教堂的石雕前壁，其后面部分遇火已不存。大三巴糅合了欧洲文艺复兴时期和东方古代建筑的风格，巍峨壮观，雕刻精细，单是这座牌坊的造价，300年前就已高达3万两白银，可谓珍贵至极。细细欣赏牌坊上面的石刻，各种圣经人物、花鸟、文字、图案等象征中西方文化的符号，各得其所在，各显其意义，和谐共处，共生共荣，真是既彰显了欧陆建筑的华丽风格，又结合了东方文化沉稳内厚的传统，体现出澳门在数百年前，就已在探讨中西方文化的结合问题，并且取得了令人惊异的成功。

在后来的参观中，我发现，这也是当代澳门文化特色的一个突出现象：常常是在绿叶低垂的长长的浓荫里，可以看到中西合璧风格的房子，伴有繁茂的花枝从里面探出身影；在香烟缭绕的中国妈祖庙毗邻，亦矗立着天主教堂、基督教堂、清真寺，还有其他一些民族的宗教建筑；在宽敞的大马路上或一弯一弯的小街角，不时会突然闪出或花枝招展或灯红酒绿的中国、葡萄牙、泰国、印度、越南、马来西亚等国的各种风味的餐厅，都宾客盈门，都欢声笑语；在大街上熙熙攘攘的人流中，更是欣欣然走着汉族、回族、满族、高山族以及葡萄牙人的后裔，他们都是中国澳门特别行政区同胞，和谐地共同生活在这 29.2 平方公里土地上……

那么是什么，把这些天涯海角的、迥然不同的文化元素，雕塑在一起的呢？

我向天空发问——我向大海发问——我向大地上的绿叶鲜花发问——

从历史深处飞来的信鸽"咕咕"叫着，告诉我说：澳门除了被侵略、被蹂躏的时期之外，基本上都是一块宁静致远的乐活热土。澳门人心地善良，生活目标纯粹，不贪心，对未来的生活不存非分之想，也不嫉妒别人，所以大家都能和睦相处，这无论是在西方还是在东方，都比较少见。

在我们离开大三巴的时候，牌坊下，支起一张桌子。有天主教会的工作人员站在桌前，开始分发《澳门导游》等小册子。游客们都自觉地排起队，安安静静地领取。我排的那个队伍的工作人员是位中年妇女，我看到她一边分发小册子，一边满脸笑容地对每位游客说："神爱你！"

轮到我的时候，她也是对我一脸灿烂，亲切地说："神爱你！"一瞬间，我的心突然被一股强大的温暖所软化。虽然我不信仰耶稣基督，也明白这位女士是在向我做宗教的宣传争取工作，但当亲耳听到有人对我说"爱我"时，一颗心还是止不住快乐地摇曳起来。

这就是澳门的心吗？

嘿，她对我说：她爱我！

二

仔细端详，澳门的每一片大大小小的绿叶上，都有着极其美丽的纹路，像澳门的每一处景点。

不，像澳门的每一寸土地。

不不，更像澳门的每一颗心。

历史的风吹来了，它们在风中起舞。

我到处看见它们。

比起北京的国家博物馆，澳门博物馆似乎既关注国家社会，亦重视人间烟火，有着浓浓的人情味。除了那些庄严的宏大叙事，我还看见了澳门普通人的身影，和他们生活中的诸多情节、细节：比如一个家庭的居家日子，一个厨房的锅碗瓢盆，一个木雕艺人的精雕细刻，一个渔民收获的大鱼大虾，一碗粉面和一锅杏仁饼的诞生过程。我甚至分享到了一个新嫁娘梨花带雨的出嫁喜泪，我甚至听到了一个婴儿唱歌般的啼哭声，我甚至嗅到了一个小杂货店沁人心脾的杂物的混香，我甚至看到了店主人童叟无欺、诚实待客的心……

而当我走进何东爵士捐赠给澳门民众的何东图书馆，一眼就看到一群十五六岁的中学女生正在宽敞的回廊下做作业，几位年纪不等的市民在藤萝架下读报看杂志。这座精美别致的园林别墅式图书馆，主楼是一座南欧风格的三层楼房，前后环绕着绿肥红瘦的中式园林，是一座集历史、文化、建筑艺术于一体的建筑，也是中西艺术结合的典范。1955 年何东爵士以 93 岁高龄病逝，其后人根据遗嘱将故居做成图书馆，期望能帮助尚在努力发展经济的澳门民众提高文化水平。今天，何东老人的心血果然没有白费，他双目炯炯，满心欢喜地看着市民们在读书……

我又走进海事博物馆。它的所在地就选在当年首批葡萄牙人登岸的地方，其造型模仿一艘扬着白帆的三桅船，停泊在澳门的心脏妈阁庙前面。昔日的1号码头已被列作博物馆的设施和休闲场所，供游客浏览以及与大海亲近。本来在进馆之前，习惯性的思维方式让我以为又是一场血雨腥风，却丁点没想到，它讲述的重点是澳门与大海之间的传奇故事，还有中国和葡萄牙在海事方面的历史，以及海洋在人类文明发展史上所具有的重要性。它给我的强烈信号是，澳门已经长成一个非常成熟沉稳的成年人了，他的心是爱心，在这颗心里留下的，不是刀光剑影，而是合作，而是发展，而是积极地向前看……

走上澳门历史城区的土地时，我情不自禁弯下腰，仔细端详着脚下的沙粒，感觉有一股天外罡风从远古的深处吹来。据说，这是中国境内"现存年代最远、规模最大、保存最完整和最集中"的历史城区，上面中西式建筑交相辉映，既有妈阁庙、哪吒庙，也有岗顶剧院、玫瑰堂等20多处历史建筑，充分展示出近几百年来，各种文化在澳门这块土地上互相碰撞、交流所结晶出的澳门魅力。另外，只是说它"在2005年被光荣地列入《世界遗产名录》"，似乎太冷静了，没有表达出澳门炽热的心跳；我更愿意听澳门朋友们说起他们的节庆连年，一年12个月，澳门月月有节日，无论是中国的传统节日春节、清明、端午、中秋，还是西方的复活节、花地玛圣母像巡游、圣诞节，或是佛教的浴佛节，以及独具澳门特色的国际音乐节、国际烟花汇演、格林威治大赛车……

哦，澳门的心，天天都浸泡在举城欢庆的日子里。

三

第三天，我们迫不及待地集体登车，目标——氹仔岛上的一家蛋挞店。听说这家蛋挞店，全澳门最好，能把人香在那里七天七夜也不走。

谁知，到了那里才看见，那是一个非常小的、貌不惊人的小门脸。

还有大队人马在排队,因为需要一边做一边卖,熟了一"锅"卖一"锅"。

花费了让人心疼的将近一个小时,我们终于吃到了金贵的蛋挞。啊,酥脆绵软,到嘴里就化成一股特殊的浓香,那个销魂啊!我不由得"抱怨"说:"这个店老板的观念,太保守啦,他怎么不到处开个连锁店啊?放着大钱不赚,我都替他着急!"

澳门的朋友笑了,说:"这就是我们澳门人啊,做事讲究一板一眼,不越矩。开店得先保证品质,要是没有扩张的实力,不做也不能砸了牌子哦。"

我有点尴尬。他却不动声色地为我解围道:"我们澳门地方小,所以店铺也都开得小。不过呢,看着门脸普普通通的,品质却都维护着不丢。码头那边有一家粉面老店,比这蛋挞店还小,门脸还旧,可是做的粉面那叫好吃啊,连特首夫人都去排队买。但是那家也是这个传统,每天就打那么多粉,不多做,一般到中午就卖完了。"

为什么不多做呢?

"怕影响了质量啊。做多了厨师必然就累了,累了就容易马虎,质量就不一定能保证了。我们澳门人是用心做事的,心思哪怕少一分,都必然会有影响的喽。"

啊,这不由得叫我想起大自然最普通的一件事:一粒种子被播入地下,仁厚的大地用心地孕它生了根发了芽。从此,和煦的阳光用心地照耀它,滋润的雨露用心地浇灌它,风儿用心地梳理它的叶片,白云用心地为它塑造体型,蓝天用心地导引它向上拔节,农民用心地打造它锻造它成就它。就这样,经过长长的、复杂的、艰苦的生长,终于,它也用心地长成了,它变成了百粒千粒万粒的丰收的硕穗——大自然又收获了一个用心生长的季节,人类又收获了一个用心做工的典范。

我也想到了人类社会最普通的一件事:一个生命的种子被植入母亲

的子宫，仁慈的母亲用心地孕育他（她），将他（她）领到世界上来。从此，母亲对他（她）的用心就是终其一生的了：用奶水哺育他（她）成长，送他（她）上幼儿园、小学、中学、大学读书，又把他（她）送上工作岗位，再为他（她）娶妻（嫁夫）生子，甚至还为他（她）照顾下一代儿女……母亲就这么用心地将自己的血肉、体力和精神，一点一滴地灌注给儿女，全部给完了之后就悄声离去了，人类就是这么一代又一代用心地递交而绵延繁衍的……

用心就是呕心沥血。

要想把我们这个世界变得更好，无他，大家都必须用心地做事。

成功其实很简单，就是用心地做好每天应该做的事。

用心做事的澳门人——澳门的这颗心啊！

四

最后还要庆幸的，是我在澳门学到了一个词——"手信"。

其实对澳门和广东沿海一带来说，这已经是古往今来、世代沿用的一个 long long ago（非常非常古老）的词汇了，可是我真的是第一次听到，所以很新奇。什么是"手信"呢？澳门文友们解释得比较唐诗宋词："手信"就是"驿寄梅花，鱼传尺素"。哦，我似乎懂了，就是古代"鸿雁传书"的那个"书"，是通过手温传达的、寄予着浓烈感情的家信。

可是后来我发现，"手信"还有内涵更为宽阔的俗和雅两种解释：用下里巴人的说法，"手信"就是人们出远门回来时捎给亲友的小礼物。过去走海人重感情，每次归来时，都要把街上叫卖的杏仁饼、牛肉干、猪油糕、光酥饼、姜糖、花生糖等零食信手捎回家，长此以往，就渐渐地把它们统称为"手信"了。而以阳春白雪的解释，则"手信"最原始称呼为"贽",《左传·庄公二十四年》:"男贽,大者玉帛,小者禽鸟,以章物也;女贽,不过榛栗枣,以告虔也。"意思是说,古代外出访友的邦客必须带着礼物"贽",男人的贽礼大到一块玉一匹丝织品,小到一只禽鸟,显示的是礼物的贵重;女人之间的贽礼不过是一把榛子、一包栗子或者几枚红枣,表达的是虔诚的情感。

澳门朋友又告诉我:澳门还有"手信"一条街,密密麻麻开着数十家"手信"商店,摆满了澳门特色的"手信"食品,各国游客欢天喜地游走于各个店铺之间,大包小包,把澳门"手信"带回到世界各地……

好形象、好生动、好诗意的一个词呀!这个带着澳门体温的词,非常温暖地感动了我,马上使我想起了家里的老父老母和远在英伦的女儿,此刻,要是能把我的"手信"立刻捎到他们手上,该有多好啊!人世间,最美丽的情感就是亲情。

我深深地吸了一口气,澳门的海云天风,都是甜的呢。我觉得自己的一颗心被浸得柔柔的,软软的,眼睛不由得湿润了起来。我把"手信"二字写在本子上,又存入手机里,并且先自,已把它刻在了心上。

——"澳门手信",不也是澳门的心吗?

醉营盘

一

我不喝酒，但却醉了——醉诸绿

曾经沧海难为水。跟营盘山的绿相比，北京初春那些绽放在枝头、草尖的绿叶，简直就是大河里的点点浪花了。湖北省竹溪县这里，一座山连着一座山，一个岭裹着一个岭，一座峰掩着一座峰，鹅卵石一样密密麻麻，沙漠一样柔软起伏，星辰一样闪闪烁烁，远在天边又近在眼前。每座山都像一大颗丰盈的西蓝花，每个岭都是一只可爱的贝贝南瓜，每座峰都是一根青竹笋，宛如被一座天大地大的绿帐幔掩映的蔬菜大棚，热烈生长，壮硕成熟，喜悦丰收。

然而这还不是关键词。这里天地间的落点在于绝色，是谓一个大大的"绿"字。

绿树都站在头顶上，站得笔笔直直。在春风的指挥下，忽而吟咏古诗，忽而清诵散文。不管是老年树、中青年树还是幼儿树，每一株都努力张开绿臂，用尽全身的热血和力气，进行着灵魂级的表达。你听：

清晨振策上山巅,仰首飞云过马前。
才向岩巅攀老树,又从井底望青天。
身行乱石奔流里,衣为藤梢橘刺牵。
步步迤逦防失足,可知蜀道是平川。
(知县翁乔年《郧阳道中杂咏》)

山光水色助徘徊,一种吟情马上催。
常日梦中犹着句,况从峰外探春回。
(拔贡谢思谦《春日游五峰山》)

时令已至深春——我一直不解,为什么仅有"深秋",只说"初春""仲春"和"暮春",却没有"深春"?其实深春就在那里,自信满满地站在代入感强烈的浓绿里。在春夏之交的时节,木林已没有了初春那些个深深浅浅的嫩绿、青绿、翠绿、碧绿、鹅黄绿、海蓝绿、苍绿……那是在大自然蓬勃轮转之时,生命急急忙忙地在路上奔走,有先有后,有强壮有孱弱,但谁也没有放弃,都拼出了自身最热的血,从而绘就出一幅浓妆淡抹的《竞春图》。而现在,深春已至,所有的生命都已成熟了,故统而一者,共同呈现出一色的墨玉般的成熟。

营盘山上也是同样,绿色大军已列好方阵,铆足精神,正昂扬地迎接夏天的葳蕤,期待秋天金灿灿的丰收。已经迫不及待迎来的,是一群群慕名而来的游客,他们叽叽喳喳、嘻嘻哈哈、呼呼喝喝、惊惊怪怪地行走在山间的绿意中,不停地向着青藤、老枝、苔藓、阔叶、水痕、雾气、花鸟鱼虫……一遍又一遍地大喊:"我来晚了!"

情同此心,我想跟他们说:我也遗憾来晚了。这哪儿是绿树站在大山上,而是它们齐心协力把大山抬了起来,把营盘山的绿,送给了整个世界。

二

我不喝酒，但却醉了——醉诸水

"山高水长"，从前初识这个词时，我就喜欢上了，眼前仿佛立刻出现了一幅水墨画似的大美。但当时仅仅是囫囵吞枣，不甚了解其真正的含义，肤浅理解之下就抄起来乱用，这真要检讨。后来经人讲解，才知晓它实质的解释，应该是"山有多高，水有多长"。可这又是什么意思呢？

在营盘山夜宿，居然听到窗外"哗——哗！哗！"的溪水声，交响乐似的演奏了一夜，充满着淘尽千古风流人物那般的激情。第二天清早，果见雪瀑似的白练从高处奔来，仿若一队队腾龙，源源不断地飞下，张牙舞爪朝山下扑去。这是哪儿来的大水呢？难道头顶的山上有大河吗？

没有。营盘山绵延数百平方公里，莽莽苍苍，云蒸霞蔚，全是高山，全是绿树，全是鸟语花香，全是飞禽走兽；还有满山的故事；还有商朝闻太师在此安营扎寨并战死山中的传说，却唯独没有大河。那么这气势如蛟龙的大水，究竟是从哪儿来的呢？

有山中老者呵呵一笑，曰："树大根深，每棵树都是一股水啊。或者，你说它们是一座座水库也可以的……"

这话说得真冲，在我的人生词典中，还是第一次载入。原来营盘山上的每株树，竟然是被看作一座座水库的，比之范公仲淹"浩浩汤汤"的洞庭湖想象，也不差多少吧？

果然我们就在幽绿深邃的大山里，看到多条白练。高者达数百米，裂天而下，惊涛拍岸；纤者推山而出，如拨珠洒玉，哗啦啦唱着自己的歌谣。还有极为稀罕的群体瀑布，呈"品"字形，呈"器"字形，呈

"山"字形，呈扇面形，呈三角形……把一片山都"霸屏"了，真好似神话中的花果山水帘洞。

有人傻问这山上有多少瀑布？这简直是哥德巴赫猜想，无解。但见大瀑小瀑的水汇成一股股山泉，急忙忙向着山下狂奔，那清亮亮的水流在阳光、云雾、绿荫、鸟鸣织成的晴空下，闪着晶晶莹莹的光，忽而像飒然的白雪，忽而像惊飞的白鸽，忽而像疾射的箭镞，忽而像跳涧的山羊……不，最形象的还是一队又一队由天门鱼贯而出的天龙，奔向人间，何其快意。

这是名副其实的天水啊，按中国传统文化的说法，天水即仙水。果然没错，这"仙水"早在2015年就被挪威的芙丝（VOSS）集团看中，成为这款享誉国际高端矿泉水的水源地，在全世界，VOSS的水源地只有两处，一处是位于斯堪的纳维亚半岛上的拉沃兰德（Lveland）小镇，另一处就是与营盘山下石板河相向而流的山泉——谁说中国的水质不好？谁敢说营盘山的水不是人间极品？

另外更重要的，也是最重要的是，面对着珠玉飞腾的营盘山，我恨不能双膝跪下，行三叩九拜之礼，因为排序是这样的硬核：湖北省—十堰市—竹溪县—综合农场—营盘山。凡有良知的北方人，都知道十堰是中国南水北调的重要水源地，为了干渴的我们能喝上洁净的水，湖北和十堰的上上下下，有多少山峰在发力，有多少树木在发力，有多少人民在发力？正是他们把自己家乡的青山绿水割了一大块馈赠给我们，才使我们嘶哑的喉咙唱出了深厚的《鄂乡情》！

情同此心，我想跟你们说：世上最高贵的不是蓝天、白云、朝阳、晚霞；不是山川、江海、花草、树木；不是粮食、布帛、吃喝；不是男人、女人，官员、庶民；不是互联网、电脑、手机、微信；不是文学、艺术、哲学、宗教；也不是意志、信念、勇气、纪律……而是从史前茹毛饮血的时代起就像花儿一样绽开的爱心，还有标志着人类文明高度的人性。

三

我不喝酒，但却醉了——醉诸木

荏染柔木，君子树之。
（《诗经·小雅·节南山之什》）

自古以来，我国南方的五大名木，有樟木、檀木、泡桐、檫木和金丝楠。樟木不陌生，过去的年代，即使普通人家，也会有几只樟木箱，其特有的幽香味儿就像天生是为人类而生的，而且它还会令蛀虫却步，故被赞为"香樟"。这对它当然也有不利的一面，就是遭到了人类的恩将仇报，被过度滥伐之后面临绝境。好在近年来，樟树被通令一律在禁伐之列。我一闺蜜好多年前就心心念念地想购一对樟木箱，至今都还止步在憨憨的梦想中，瞧着她那一次又一次黯然的眼神，我窃喜并给予无情的揶揄和打击。当然，我们前面的路还很长很艰难，就在2021年，贵州还发生过一起盗砍古楠树的大案，连同一株春秋时代的2600岁的古楠王在内，一共有30多棵古楠木被盗毁。看着那些成百上千年都蓊蓊郁郁挺立在大地上的祖宗树，竟然死亡在我们这个年代，真让人捶胸顿足，对盗伐者痛恨到极点，无颜见先人！

檀木又称"青龙木"，仅看这名字就要多霸气有多霸气。它们面临的危局也与樟树差不多，让我印象深刻的是曾读到一篇文章，称有人冒艰险去东南亚砍伐紫檀，这是在中国已伐不成之后的疯狂。我想，世上绝大多数人都会旗帜鲜明地告诉他们，这是不义之举。

要详说的是金丝楠，在我的意识中这一直是"神木"。离我距离最近的故事，是在20世纪初年，清王朝呼啦啦地倾倒，然而许多遗老遗少依然过着挥金如土的奢靡日子，只三四年光景就穷了，不得不靠变卖为生。1917年，位于北京王府井东边的豫王府，以20万两白银卖给了美国石油大亨洛克菲勒，在那里建起了协和医院建筑群。那可称得上是穿着中式外衣的洋为中用的楷模，其绿色琉璃瓦大屋顶下，铺着锃亮可照人的地面，上置当时世界上最先进的西洋医疗设备。不少清朝的遗老闻之，窝在家里呼天抢地地哭骂："不肖子孙啊，单是王府大殿那八根金丝楠木的柱子，也不止20万两雪花银啊！"

这些哀嚎，早已和前清的辫子、小脚、大裤裆一起，被时代的洪流所碾压，其齑粉都不知被冲到哪里去了，不提。但金丝楠木的价格却比他们哭嚎时还要升得高之又高，甚至已是按斤来卖了。在血与火的历史中，这种中国特有的珍材，只有皇家才有资格用，专用于宫殿、坛庙、陵墓等处的高大建筑，起扛鼎作用，据说能支撑千秋万代，倘若普通人偷偷使用了金丝楠，则是大的僭越行为，是要被处以极刑的。

数十年前，我见过一次金丝楠，不是在故宫，不是在天坛，也不是在南孔庙北孔庙。印象中是在一座荒废的大院落里，汉白玉的雕栏玉砌尚在，琉璃黄瓦大屋顶的大殿也在，但早就没了气象，屋顶上甚至有荒草在风中摇曳。只有那几根大柱子依然气壮山河地挺立着，身躯刚直，虽苍老但腰不弯背不驼，廉颇老将军的英雄气不减。近前，手抚柱身，道道竖纹像佛陀的掌心纹，在阳光的照射下闪出一丝一丝的金光，恍然明白了这一定就是传说中的金丝楠木，一时像遇到了一位学问高深的大师，肃然起敬。

以上说了这么多，其实全是铺垫，算是大餐前的开胃小菜。那日在湖北省竹溪县，拐过营盘山的一个路口，突然撞见一块三米多高的巨型牌子，华表一般威风八面，上书"皇木谷"三个大字。起初并没在意，慢慢踱过去，惊讶地发现上面还有说明文字。原来，在距离营盘山不远的一个山谷里，还保存有一大片原始森林，雄雄壮壮地挺立着一大片金丝楠木。这是当年一群有血性的营盘山汉子和女子,用自己滚烫的胸膛保护下来的。

> 采采皇木,入此幽谷,求之未得,于焉踟蹰。
> 采采皇木,入此幽谷,求之既得,奉之如玉。
> 木既得矣,材既美矣,皇堂成矣,皇图巩矣。

这如《诗经》风格的诗篇,其实不是出于那动辄歌吟心中事的春秋时期,而写作于修缮故宫与圆明园的晚清。那时,经过明清两代皇室的大量采伐,曾经盛产楠木的湖北竹溪一带,已经像垂垂老妇一样秃了头皮,所剩的古楠无几。后来,又经过百多年来一场接一场的豕突狼奔,全中国已见不到几株古树。

> 木有何辜,人有何能,世可有德?
> 厚德载物,秀木成林,世其恍惚。

神迹啊!天门开了,天兵天将涌出来,披着阳光织成的金铠甲,化作一株株金丝楠,深扎在巍巍营盘山。大山被它们发力抬起,王母娘娘亲自捧来浇灌蟠桃的圣水,化作袅袅白云,终年环罩在楠木林周围,铸成了它们的不坏金身。

情同此心,我想说,这一片千难万难保存下来的楠木,是为21世纪的信念和意志筑起的绿色长城。它们已经在大地上站立了千百年,这一回,任是谁,也不准再伤及这片林地,一枝一叶都不行,一纤一毫都不行!

中华民族从发轫之初,就立下了尊敬树木的传统规矩。华夏民族的人文始祖伏羲,以木德王天下,被称为"木德之帝"。木有何德?孔子曰："五行用事，先起于木。木，东方，万物之初皆出焉。是故王者则之，而首以木德王天下，其次则以所生之行转相承也。"树木有生长、生发、伸展、舒展、扩展之意，人类的发展亦同。人类离不开树木，地球离不开树木，世界离不开树木。大地上郁郁葱葱的绿树，是荫庇我们千秋万代的自然始祖。

四

我不喝酒，但却醉了——醉诸人

天兵天将是谁？就是营盘山人。

1952年共和国成立之初，在朝鲜战场上的隆隆炮声中，营盘山综合农场开始创业。一队队梳着大辫子的姑娘们，一队队顶着光脑袋瓜的小伙子们，激情澎湃地上了营盘山，一边与荒草野蔓缠斗，一边击退毒蛇、大虫、老虎、豺狼等的凶狠攻击。叫作"信念"的茅草房还没竣工，黑熊瞎子先进去参观了。唤作"意志"的办公室还没启用，花斑豹先进去兜圈了。老天爷也不友好，时不时兜头浇来一盆大雨，来不来就砸下一阵冰雹。最恨人的是野猪，它们一门心思认定自己的尊严被冒犯了，无时无刻不想着夺回霸主地位。还有不单是姑娘们怕、小伙子也怕、大小领导们也都怕、无人不怕的毒蛇，整天吐着毒汁满嘴的蛇芯子，嘶吼着要把这群"天兵天将"赶回老家去……

郁郁葱葱的山绿，清清凌凌的溪水，煌煌茂茂的神木，你以为全是大自然所赐？

公路像舞女的绸带一样在山间旋啊，绕啊，飘呀飘，倏忽间就与白色雾岚舞在一起，倏忽间又投向阳光的怀抱。转得我们头都晕了，下车休息。一排七八成新的农家小楼站在蜿蜒的公路旁，二层，四五栋连在一起，光滑墙壁白得耀眼，配上木本色的柱子、木梁和窗棂，既端庄大方又简洁干净。各家门前还有一个连廊，可遮风挡雨，也可坐在那里看风景。不知怎的让我想起1998年，我随中国新闻代表团到马来西亚，当地媒体老总找了一位经商的富翁朋友，招待我们品尝榴莲。不是在富翁家里，而是在他住宅前面的街边。富翁四十多岁，脸色黑黝黝的，头发有点卷曲，高颧骨，浓眉毛，一看就是马来人血统。他住的是一幢有两个楼门的楼房，四五层高，一门住一户，他介绍说这叫"连楼"楼，自家住着一半。富翁的语气中充满夸耀感，我们尽管脸上都装得风和日丽，内心可是刮起了大风雨，真心羡慕得眼红，以为是跟天上人间也差不多了。哪里想得到，只过了一眨巴眼的20多年，现在连中国大山里的农民也住上了这样的楼房。况且湖北还不是经济大省，竹溪县也仅仅脱贫才没几年光景。抚今追昔，我的脑子嗡嗡作响，心里乱得翻肠搅肚，真是感慨万千啊。

无巧不成书。一辆电动摩托车轻声停在楼前，下来一位50岁出头的大嫂，原来是女主人回家来了。她殷切地请我们进屋坐坐，张罗着沏茶。

生活变得家趁人值了，山里人的朴素本性仍未改变，对我们这些素不相识的几个男女并无防范之心。她的家堪称"豪华"，一层有客厅、卫生间、厨房、女儿房、储藏室，二层是几个卧室、卫生间、储衣间。客厅里有大布艺沙发、大茶几、大屏幕彩电、立柜式空调，女儿房间里还有一架雅马哈电子琴。她说这是二女儿的，她正在师范学院读儿童教育专业。大女儿已在北京的大学毕业，留在首都安家了。丈夫是农场职工，前几年在外打工，现在综合农场发展得好，就回来干了。她自己在农场种蘑菇的车间里上班。我夸她的家"比我家还阔气"，她温和地笑笑，遗憾说盖这房子时正是俩女儿都上学，当时手头紧，要是现在还能盖得高级些。

她长相普普通通，圆脸，眼睛不大，头发开始呈现出灰色，就是一位普普通通的农妇。但说着一口纯正的普通话,接人待物有板有眼,既不夸张也不扭捏,让人觉出一种平等的舒服。

我们告别时,她也一随手带上门,跨上电动车疾驰而去,挥手之间就闪进了云雾飘飘的绸带里。我大声道了一句"辛苦",伴着"哗哗哗"的溪水声,整个绿意盎然的山谷里,响彻着她的回音:"我不算辛苦。农场那边还有一位第一代垦荒的老奶奶,103岁了,还在自己动手种菜呢……"

我的眼眶瞬间湿润了,这就是营盘山人。这就是竹溪农民。这就是中国的劳动大众。他们是这个星球上最勤劳的人,从没有板凳高的稚子干到白发苍苍,每天从早到晚,不给自己休息日,不放弃任何一个生存、挣钱、养活家人的机会。他们甚至比老辈人还玩命,农耕时代是"日出而作,日落而息",现在他们借助于人类自己发明的"太阳",白天黑夜都不再停歇——就这样干出了今天的光彩,干出了世界第二大经济奇迹,把营盘山、把三山五岳、把喜马拉雅、把神州大地上的每一座山峰,都稳稳抬了起来,还高高举过了头顶。

情同此心呀,我想向全世界呼喊:"这就是中国人!"

五

我不喝酒,但却醉了

——醉诸满山苍绿挺拔的翠竹林。
——醉诸满谷融霜染雪的海棠花。
——醉诸满地铺金镶银的野草小卉。
——醉诸满天绽放爆燃的朝霞晚霞。
——醉诸天空中欢乐鸣叫的飞鸟。
——醉诸大地上自由奔跑的走兽。

——醉诸 70 多年创业、守业、发展、创新的代代农场建设者。
——醉诸他们上大学、读博士的孩儿孩孙。
——醉诸改革开放的洪流奔腾向前。
——醉诸我的祖国更加奋进前行在人类文明的队列中。
……

情同此心,我真挚向读者们说:我愿举杯邀明月,共做竹溪营盘人。

辑四 温情黄

一千三百多年的回响

——说初唐侍御史王义方

中国江苏，淮安涟水。

2018年，在这座苏北古城里，曾发生过一件感天动地的事情：郁郁夏风中，馨馨菜香里，两拨初次相见的人群，滚烫的双手紧紧握在一起，互相说着江淮话和海南话，久久不舍得分开。闻讯赶来的人越聚越多，有的脸上绽开灿烂的笑容，有的眼睛一眨不眨地凝视，如同听着天方夜谭……

"少小离家老大回，乡音无改鬓毛衰"。然而，在这里的"少小"可不是离家几十年，而居然有了上千年；这个"鬓毛"也非一位老叟的由黑而花而白，已不知其是几百（代）子子孙孙。今天，"回来了"的这一支寻亲队伍，路程之漫长，跨越两千多公里；时间之绵长，得从唐初开始计算，于今已一千三百多年了！

也就是说，这一千三百多年，对于这两群人来说，完全是"日日思君不见君"的渺渺空白。再明白一点说，这两群人，都是黄皮肤、黑头发、红脸膛，说话的腔调却完全不同；一南（海南）一北（江苏）的他们，拥有一位共同的先祖。

这位老祖，一直在他们两个家族的牌位上，高居在顶端。他叫王义方，初唐人士，是唐高宗时期的侍御史。他一生为人正直，为官清正，勤勉做事，其功至伟，在《资治通鉴》、国史、方志、笔记中均有记载，《旧唐书》和《新唐书》中都有他的传记，居古今淮安名人之列。而我在了解了王义方的史绩之后，脑洞大开，竟然想到：古往今来，中华民族涌现出的先圣巨擘和英雄豪杰太多了，以至于人们挂在嘴边上的，都是屈原、孔孟、范仲淹、王安石、苏东坡、辛弃疾、岳飞、文天祥……这些一等一的人物。然而人类历史的发展进程，从来都是由英雄人物和普通大众共同推动的。这个架构可以用蜂巢来类比，是层层叠叠的构筑，每个巢都是由亿万大大小小的蜂王、雄蜂、工蜂呕心沥血打造的；这个架构仿佛是浩瀚无边的宇宙，有亿万乃至无数颗大大小小的星辰在闪耀。大星容易被人看见和记住，而数量更多得多的中小星辰，则是宇宙天体的骨骼、筋络和血肉。有些历史人物，他们的声名虽然没有一等一的英雄显赫，但若没有了他们的支撑，历史也就失去了骨血。所以，这些声名并没有那么显赫的历史人物，也携带着高贵的民族基因，需要我们挖掘、整理、铭记和学习。

王义方是谁？

历史评价，王义方官衔不高，却以忠诚仁义的美德荣登正史大堂。可惜的是，迄今知道王义方事迹的人不多。

历史也有机遇一说，人生也有机遇一说。

王义方（615—669年）在世的五十五年，是唐初李渊、李世民、李治祖孙治下的三朝，相比较许多昏庸和荒淫帝王，这3位皇帝还算听得进谏言，也还有肚量招揽人才，任用贤臣与清官。故此，唐初施政还是比较开明的，社会风气和政风也还清朗。虽然前朝留下的门阀制遗毒尚多，下层贫寒人士还是很难擢升进入上层，但读书入仕的通道毕竟还开着，于是社会上读书的风气还在。"地瘦栽松柏，家贫子读书"，这是下层有识人家的共识与践行,也是他们个人和家族苦苦追求的出路。

王义方的父亲就是这样一位由读书入仕的小官。但很不幸,王义方在幼年时期父亲就病亡了;他又很幸运,有一位识文断字且深明大义的母亲,不仅一直支持他勤奋读书,还谆谆教导他学做一个正直的君子,将来为国家和百姓造福。在这样良好的背景下,王义方饱读诗书,通学五经,才华超群,后入仕,任晋王府参军,直弘文馆、太子校书等职。他的官阶虽然不高,但做官态度端正,不随波逐流,不阿谀奉承,不结党营私,不蝇营狗苟,待人处事都有自己坚持的原则,敢于特立独行。这种卓尔不群的清流姿态,虽不免受到奸佞小人的忌恨和排挤,但也渐渐传开了,得到朝中一些清官贤相的器重。自古以来,为官清廉与否,也都在老百姓的口碑上。

王义方的名声竟然传到大名鼎鼎的贤相魏征耳朵里。经过进一步考察,魏征很欣赏他的人品、德行与才干,"爱其材也",决定把自己的侄女嫁给他。这对于寒门出身的小官吏王义方来说,不啻天大的喜事,从此他就可以攀上高枝,堂而皇之地步入庙堂了。但谁也没想到,对这门多少人求之不得的亲事,王义方竟然拒绝了,他想的是凭自己的业绩逐级上升,绝不趋炎附势,以至于器重和喜爱他的魏征"每恨太直"。然而事情又发生了谁也没想到的反转,魏征去世了,等丧事一办完,王义方便主动上门去求婚,并迎娶了这位魏家侄女。有朋友不赞成他的做法,认为人品追求上再君子,也要在现实中求生存,王义方却丝毫不后悔,表明自己不愿附势当红的权相,却又一直存有知恩图报之心。这样高洁自爱的美德,一直流传到今天,被涟水的乡亲们所赞颂。

中华传统文化的精华要义,即立身立德,先做君子,然后才是做官、做事。历代政治家、思想家和豪杰人物,从童子时起就接受孔孟思想的雨露春风,把"天行健,君子以自强不息""地势坤,君子以厚德载物"当作立身之本,纷纷立志要像圣人一样为民造福,至集大成者,即范公仲淹的"先天下之忧而忧，后天下之乐而乐"，乃至后世的"天下为公"。王义方也行走在这个清官贤臣的队列中，还在他幼年跟着母亲牙牙学语时，童年随从母亲洒扫庭除时，少年帮助母亲饲鸡喂鸭时，青年听从母亲教诲发奋读书时，就树立起了"从清流、仇奸佞"的是非观，立下了将来为国家效力、为百姓造福的大志向。他的基因是中华传统文化的优秀基因，他的血脉里奔涌着坦坦荡荡的君子热血，他一直要求自己用克己复礼的君子标准为人处世，在当时的历史背景下，这是为人为官的最高境界了。

青史里还流传着王义方的两个"让马"故事。第一次让马时他年方22岁，在去往京城的赶考路上。一天正匆匆赶路时，忽见一人已是疲惫至极，但仍跌跌撞撞地挣扎着往前走。上去询问，原来那人是颍上县令的儿子，因父亲病重即将离世，急急忙忙要赶回家去见父亲一面，家贫无马可骑，只能徒步赶路，日夜兼程。王义方听此说，知道是遇见了清官之子，感动的同时动了恻隐之心，便将自己的马让与他，也没告诉自己姓甚名谁，就转身一步一个脚印地走了。

第二次让马，发生在唐太宗贞观二十二年（648年），王义方被贬海南之时，刑部尚书张亮的侄子张皎被贬崖州（今海南海口），生活无着，暴病身亡，临终前请求王义方，将来若有回归内陆的一天，能否将自己的棺木送回老家，同时送回自己的孤儿寡妻，不致使他们流落边远的琼地。王义方当即应允。翌年，王义方被调任洹水（今河北魏县西南）任县丞，果然信守承诺，安排仆役带上了张皎的棺木及妻儿，并把坐骑让与孤苦无依的母子，自己则带领着家人步行。一千多年前的海南，乃野蛮荒僻之地，山高林密，怪石险峰，且毒虫遍地，野兽出没，很多地方连路都没有，连马都畏葸不前，其艰难可想而知。家仆心生抱怨，但见艰难行走在队伍中的王义方，也就无话可说了，并暗暗佩服自家老爷，拿他做榜样给自己鼓劲。一行人克服千难万险，终于走出了千山万岭，回到了内陆。王义方跺了跺脚下坚实的黄土地，脸上绽出微笑，把张皎棺木送到故土安葬，又将其妻儿送回故乡，一切安顿妥当后，才走上自己的赴任之路。

海南儒学教育第一人

被贬海南，是王义方一生中第一次被贬，不是他的错，而是无辜受上面官员的株连，被贬到儋州吉安县任县丞。唐代的县丞相当于现在的副县长，级别八品，只能处理一些琐碎的公务，如负责粮马、税收等工作，没有实权，被同僚看不起，如果遇到县令的排挤，其工作就会更加困难。唐时的海南仿佛是一个远在天边的地方，荒蛮未开发，民众未开蒙，所以皇帝特别爱将有罪官员贬到那里，以示惩戒。据不完全统计，仅有唐一朝，先后就有李灵夔、李茂等5位李氏宗室和韩瑗、韦方质等14位宰相，被贬去海南。朝官中被贬去的就更多了，王义方是朝官贬琼的第一人。

说来，这是他们人生最凄苦的日子，从风和日丽、丰衣足食的中原和江南，被贬谪到瘴气与毒虫遍地的"天边"，这些贬官的灰暗心情可想而知，有的人从此就颓废了，或寄情山水混日子，或借酒一浇心中块垒，或整日骂骂咧咧拍桌子打板凳……

王义方却采取了截然不同的进取态度。民众不是没有文化，懵懂未开蒙吗？不是被称为不知礼仪的"南蛮"吗？没关系，他不顾一路风尘仆仆，放下行装之后，稍加安顿，就开始兴学办班了：首先召集各峒首领也即族长们，让他们挑选可教育子弟，送来班上授学。从最基础的识字开始，王义方亲自授课，讲祭拜先圣先师的礼仪，讲老少尊卑的秩序，讲天地仁义的善德，讲明白道理的经学，还传授轻歌短笛合奏的音乐……其中的艰难与辛苦，诡谲与传奇，曾被后人如此描述：

唐前御史王义方黜莱州司户参军,去官归魏州,以讲授为业。时乡人郭无为颇有术,教义方使野狐。义方虽能呼得之,不伏使,却被群狐竟来恼,每掷瓦甓以击义方。或正诵读,即袭碎其书。闻空中有声云:"有何神术,而欲使我乎?"义方竟不能禁止,无何而卒。(《朝野佥载》)

这一段描述之生动,令我遐想不已。虽然这段传奇记载的事还不是在海南,而是王义方在中原大地授课时的情景。在"耕读传家久,诗书继世长"的中原授课,尚且如此之难,何况未开化的琼地?按我的理解,所谓"野狐"的作乱,其实很可能是顽童们的捣蛋,那些未经教育的野小子们刁顽蛮横惯了,趴上墙头看着屋内授课的同伴中,偏偏没有自己,百爪挠心,才敌意扔个石子捣个乱。

就这样,王义方在被贬儋州吉安的三年时间里,首开海南教育之先河,将中华传统文化的种子播撒在"天边"的荒芜土地上。种子破土而出,小苗茁壮成长,代代、年年、岁岁,终至于连绵不息,成为沃土良田,收获了绵绵瓜瓞,椰风蕉月,面对大南海,四季飘芳香。

不抱怨,不气馁,不沮丧,不放弃,处江湖之远,仍积极进取,以一己之力推动琼地民心的进步,王义方被称为"海南教育第一人"。长长的三年,又是短短的三年,竟然做出如此的伟业,山山岭岭为之高耸,江河湖海为之扬波。

王义方离开海南时,没有遗憾,倒是平添了不舍。左右权衡,他做出一个影响了千秋的决定:带着大儿子王承候回归内陆,把小儿子王承休留给了海南的父老乡亲……

涟水大地上

让我们回到涟水。

过去在江苏，置身于淮安地区的涟水，不算富庶的县域。这个因涟河而得名的小县，比起苏州、无锡、扬州、昆山，只是个不起眼的小弟。但它的地理位置特殊，恰在南北分界线上，既教化于阳刚的豪迈北风，又被阴柔的南雨所温婉哺育。它历史悠久，早在汉代就设县，名淮浦；它人文荟萃，自古就有"智慧之乡"的美名，走出了诸多名人，如东汉广陵太守陈元龙、南朝宋文学家鲍照，还有比王义方稍晚的唐代清官徐有功，清代的古文家、诗人鲁一同。至现当代，有小说《红日》的作者吴强，还有从放猪娃成长为大作家的传奇人物陈登科等。

古代涟水的文人中，最有名的是鲍照（414—466年），这位比王义方早两百多年的大诗人，在中国文学史、诗歌史上，恐怕是被严重低估了的一位。后人只知李白的《将进酒》，人人一张口都会吟"君不见，黄河之水天上来，奔流到海不复回。君不见，高堂镜前悲白发，朝如青丝暮成雪……"但却没几人知道这"君不见"句式，其实是鲍照的独创，他写的《拟行路难》："君不见河边草，冬时枯死春满道。君不见城上日，今暝没尽去，明朝复更出。"洋洋洒洒，一口气十八首"君不见"，读来直抵肺腑，令人禁不住一咏三叹，以至于诗仙李白也不改制式地"君不见"起来。李白还从鲍照处学习了不少别的东西，以至于杜甫有诗评之曰："清新庾开府，俊逸鲍参军"，就是说白诗的"清新"来自庾开府（庾信），"俊逸"则承自鲍参军（鲍照）。这位鲍照也是平民出身，给人做幕僚，费尽心力，穷其一生，最终算是进入了士大夫阶层。鲍照曾是贫贱的涟水农人，早年从事过农耕，但志向远大，喜爱读书，后终于被誉为"元嘉三大家"之一，他的成功之路对于当地人的读书入仕风气,起到了活生生的榜样示范作用,恐怕在幼年的王义方内心中,也如启明星一样闪闪放光。

在涟水大地上闪过身影的,还有诸多历史名人,比如盛唐边塞诗人高适曾在这里流连,并留下一首《涟上题樊氏亭》,其中"自说宦游来,因之居住偏。煮盐沧海曲,种稻长淮边。四时常晏如,百口无饥年。菱芋藩篱下,渔樵耳目前",把当年的淮安描写得如在眼前一般。宋代大书法家米芾也曾在这里挥毫,以至于今天涟水博物馆大门上的两块馆名牌匾字"涟水博物馆""涟水保卫战纪念馆",就集自米芾的书法。黑底金色字,虽未署名,但一见其端肃沉雄气象,就知绝对是出自古人手笔。那是他们那一代代官吏的基本功,从童稚时期就已开始用功,蘸着清风朗月和云卷云舒,刻苦练就的。

涟水县博物馆令我大呼惊奇,完全想不到一个并不富庶的苏北小县,竟然有着规模如此之大、品格如此之高、可称为宏大叙事的殿堂。这里有新石器时期的三里墩遗址、笪巷遗址出土的大型铜马车等国家一级文物12件;还有清代皇帝诏书以及各种石片、玉佩、陶片、陶器等等,真让人意外而又意外。然而最吸引我的,还是有关人物的两则故事。一则是宋代涟水人嵇安(1189—1262年)任沿海巡检使时,创疏决法,组织民众兴修水利,发展农耕,赈济流民,乡人赖以活命者无数。还有一则是北宋赵概(995—1083年),曾在涟水做过家庭教师,后高中探花入仕,天圣五年(1027年)调任涟水知军,适逢涟水大饥荒,他力劝富人拿出粮食赈灾,救活了无数灾民,后为官清正,一直做到吏部尚书。

王义方的故事当然也在这里流传着,更如一颗夺目的大星,映入我的眼帘。这里展陈的是他的第二次被贬:唐高宗显庆元年(656年),王义方入朝任侍御史,相当于今天的纪委干部。当时是佞臣中书侍郎李义府执掌朝政,有美妇淳于氏获罪被囚禁在大理寺,李迫使大理寺丞毕正义将她放出，据为己妾。事情暴露后毕正义被逼身亡，高宗却对李义府杀人灭口的罪恶不做追究，朝中百官无人敢言此事。唯王义方对这违逆天理、与君子之德和为官之道均不合的逆行，奋不顾身站了出来。他已预料到这可能又会引来贬谪之祸，自身倒没什么可怕的，只是老母必会跟着遭殃。前思量后权衡，他选择了将实情直陈老母，在得到母亲的支持后，连上两个奏章，冒死弹劾。果然唐高宗选择了包庇佞臣，并以诽谤侮辱大臣为由，将王义方贬到莱州，任七品芝麻官司户参军。奸臣恶吏们弹冠相庆。这一段往事成为宝贵的精神财富，为涟水这片土地上的道德人心竖起一个新的高度——知其正义是非，知其真善美假丑恶，知其道德廉耻，知其如何做人做官。直到现在，涟水百姓们还在骄傲地说：在王义方身后的一千三百多年里，涟水不断走出许多英雄人物，仅现当代就有辛亥双烈张大卓、贾伯谊，北伐时期第一位中共涟水特支书记张献，第一次国内革命战争时期中共县委书记、烈士吴长来，抗战三杰朱启勋、朱启杰、朱启宇三兄妹，抗日志士张鸿贵……

今天，乘车飞驰在涟水大地上，河湖港汊似乎不那么多了，代之而来的是一大片又一大片的黄土地，上面茁壮生长的，不但有着苏北几千年绿油油的传统农业，还有了神奇的人工智能工厂。在经济开发区新材料产业园，我们走进一条 660 多米长的白色走廊，透过明亮的大玻璃窗，我看见了一个电影场景里的魔幻世界：一眼望不到头的大厂房里，一只只白色的机器臂膀像神仙的大比武，有的运材料，有的装零件，有的切割、整型、收纳、整理，片刻不停，不知疲累，严丝合缝，一丝不苟，劳动态度是既认真又负责。那么长长的像高铁列车一般的车间里，只有三五个身着白尼龙工作服的青年工人在巡视，男孩女孩们轻移脚步，就仿佛晨雾弥蒙时涟河上飞翔的白鹭，飘飘欲仙，真美啊！据说，近期又有三家智能工厂投资落户涟水，这个昔日的苏北贫困小县，已经一飞冲天，2023 年冲进全国百强县之列了——这个是我最爱听的，将心比心，想来王义方若地下有知，一定会手舞足蹈，连呼老母，一起为家乡的福祉燃起三炷香。

终于找到乡根

现在让我们回到本文开头，两群汉子握手的一幕：操着淮安口音的是涟水的主人王大哥，操着卷舌普通话的是来自"远在天边"的海南客人王二弟。王大哥是王义方大儿子王承候一支的后裔，一千三百多年生生不息，分布在涟水及周边县域的已有三万多人；来自海南的是王义方二子王承休后裔，繁衍至今也有两万多人了。

海天空茫，椰雨蕉风，生活在海南的王承休一支默默无闻，千年来极少为人所知，就连涟水的宗亲都不知道他们的存在。但这支海南王氏始终铭记先祖王义方的教诲，传承着他的优秀品德，以儒家思想为准则，仁孝礼义，忠节廉明，刚直慈悲，抚民安邦，一千多年间，陆续走出了裔孙王深及王存树、王福铭、王源寿、王金赵、王周讫等一干子孙，他们都是凭着自己的努力入仕的，虽然职位都在基层，但都像王义方一样正直做人清廉为官，为百姓所铭记，有的甚至被后人尊崇，建庙祭祀，形成了二月六、三月一等传统民俗节日，年年搞舞龙、秧歌、地方戏以祭拜。

在建立新中国的血雨腥风战斗中，王承休后裔中也挺立出了不少烈士、志士、战斗英雄。在建设新中国和改革开放的奋斗中，更多的共产党员、道德模范、积极分子涌现出来，除了在各个岗位为党和国家努力工作外，亦在做人、传家及平时的社会生活中，带头践行先祖传承下来的"老吾老以及人之老，幼吾幼以及人之幼"等中华传统美德，热心公益，见义勇为，扶危济困，捐资助学，和谐邻里，民族团结，见贤思齐，助人为乐……辽阔无垠的蓝色大海见证着，金色耀眼的阳光沙滩见证着,蓊郁繁盛的绿树红花见证着,丰富多彩的动物植物见证着,黎、苗、壮、回、汉等各族同胞见证着,为建设"插一根筷子都能长成大树"的祖国第二大宝岛,他们一直在鞠躬尽瘁死而后已地奉献着。

特别难能可贵的是,尽管山高路远,隔海相望,王承休后裔却一直惦念着寻找自己的祖根。尽管时间已隔了千年,但他们模模糊糊地感觉先祖王义方的家乡在江苏淮安一带,不忘记,不放弃,一代又一代锲而不舍地寻找。这中间的过程,经历了风云雨雪;经历了地震火山;经历了大洪水的冲刷;经历了大干旱的劫难;经历了兵荒马乱的撕裂;经历了饿殍横尸的灾殃;经历了新中国的诞生;经历了改革开放的实干;经历了过去想也不敢想、梦也做不出的天堂日子,家家住新房,户户买汽车,人人用上了冰箱、彩电、洗衣机、电话、电脑、手机……这是真正的改天换地,沧海桑田啊!

最后,铁人也掉了泪,铁树终于开了花,他们终于寻到了自己的祖根。在老家涟水,他们感受着先祖生活过的土地。王义方给子孙留下了清正廉洁、忠诚仁义的榜样,留下了家谱《乡贤堂》等的教诲,处处令他们涌起无限感慨:血浓于水,血脉相承的中华传统,真是源远流长啊。

江万里与白鹭洲

我是带着忐忑的心情到访吉安的。以前一提起江西,脑子里不知哪来的闪电一击,便与"老、少、边、穷"联系起来。可不是吗,"红米饭,南瓜汤""红土地,俵老乡",有谁听说过江西富得流油呢?尤其是井冈山所在的吉安市全境,早年是条件极其艰苦的原中央苏区,有名有姓的革命烈士达5万余名,中华人民共和国开国将军达147位,占了全国总数的近十分之一。因此,说中华人民共和国是红米饭、南瓜汤喂大的也不夸张,革命根据地之所以能蓬勃发展,坚持下来,凭的就是山高如堵,林密若墙,致使"敌军围困万千重,我自岿然不动"。但从一枚硬币的另一面看去,新中国成立后乃至改革开放40多年来,江西的发展受各方面条件的制约,给人留下的印象,似乎就是秋天的一支瘦菊。

谁知,我确实是只知其一,不知其二了。江西文友曾兄敲响了我的心钟:你对我们不了解,我们江西可不是落后的代名词,不然也不会有"落霞与孤鹜齐飞,秋水共长天一色"了。别的不说,你先来看看我们的白鹭洲书院吧。

我大窘,赶紧跳上悠悠千载白云,赶去拜谒。

白鹭洲书院始建于南宋淳祐元年(1241年),为昔日古赣四大书院之一,是吉州知州(知军)江万里先生创建的。江万里是南宋末年著名政治家，同时还拥有多个身份——将军、学问家、教育家、仕林领袖、爱国丞相，是留名中华青史的大人物。

我曾参访过岳麓书院、鹅湖书院等中国多座著名书院，其建筑和形制都大体差不多。因此，从迈入白鹭洲书院的那一刻起，我就起意：不说它的牌楼有多雄伟，不说它的大门有多庄严，不说它的匾额有多古雅，不说它的厅、堂、室、舍、藏书阁、石碑……有多厚重宽阔纵深。只想谛听千年隔空的"教室"里，是否还有生童们背诵诸子百家的读书声；只想寻觅书院的苍松翠柏之间，是否还有学子们切磋学问的身影。

我最想知道的，还是当年江老先生为什么要创建这座书院。

淳祐元年（1241年），对于偏安南方一隅的南宋朝廷来说，形势堪忧，元兵日日紧逼，日子一天比一天难过。然而理宗、度宗两朝皇帝仍沉湎于苟且偷生的梦想里，主观上一心求和，反复打压主战派。江万里是著名爱国政治家，虽宦海几度沉浮，多次被奸臣围攻、迫害、贬官，但其坚定抗元的主张一生未变。最后，竟然在元军攻破饶州城时，慷慨从容地率领17位家人投止水池殉国，希望以此唤醒"天下忠义节烈之士闻风而起，聚集万千众人之力，保江山社稷不移腥膻，道德文章不堕宇内"。

这壮怀激烈的凛然，白鹭们都看到了，懂得了，理解了。滔滔赣江水也一浪接一浪涌来，把小小的白鹭洲一遍一遍地洗得更加清亮。还有绿得滴翠的芦苇、菖蒲、碧草、小花和聪慧过人的虫儿们，一起摇曳着呐喊着，为江万里"院长"鼓劲加油，为白鹭洲书院的落成拍掌欢呼，并向一批批前来就学的生童学子们一遍遍诫勉，激励他们立下报国大志，发奋读书，锤炼成济世救民之材，去中举，去做官，去为天下苍生、黎民百姓造福……

那时，"江院长"正值不惑之年，人生最好的阶段，论学问，已是公认的学问大家，史书称其"问学德望，优于诸臣"，"议论风采，倾动一时",被尊为是与欧阳修、司马光齐名的文化名人。论官名,一生曾出任官职91种,从基层小吏一直做到左丞相,无论在哪一任上都政绩斐然,又始终清廉正直,赢得官府和百姓称道。论热心教育,更属于"办学超级控"。我分明看见,书院的大青条石台阶上,仍保有他急匆匆的足迹;我分明听见,各间讲堂和书舍中,还在在回荡着他授课的声音。当年他多次忘记自己"仕林领袖"的身份,亲自给生童们讲课,循循善诱,诲人不倦。至今,整座书院的每一条横梁、每一根立柱、每一面墙壁、每一块瓦片、每一粒泥土,都还虔敬地见证着"江院长"殚精竭虑办学的情景;同时也还在高山仰止于他的辉煌成果:他竟然带出了17位状元、2700多名进士,更有数千名精英学子(包括后面他又建起的道源书院和宗廉精舍两座书院),其中最有名者,是全中国无人不晓的文天祥——宁死不降的文天祥,简直就是与江万里老师一个模子里刻出来的。

"人生自古谁无死,留取丹心照汗青",这荡气回肠的伟大诗句,真正是击穿了千年的风霜雨雪、刀铖剑戟以及不如意事常八九的蹉跎岁月。今日今时,仍震响在悠悠白鹭洲,震响在苍苍井冈山,震响在滔滔赣江水,震响在巍巍滕王阁,震响在14亿中华儿女的心上,成为中华民族的精神图腾……

自白鹭洲书院的榜样引领之后,遍及吉州城乡,像春风吹绿大地、春雨催红花海一样,兴建起了千百座大大小小的各层级书院。若问世间什么最宝贵,青天、大地、群山、江海都会告诉你,那是人——人,是天下最宝贵的存在。一代宋朝,在江万里自殉的4年后就亡了国,但千百万莘莘学子站立着,前赴后继,将绵绵五千年的中华文化,一代又一代手递手、心交心地薪火相传,保住了"道德文章不堕宇内"。"尔曹身与名俱灭,不废江河万古流",辉煌灿烂的中华文明,依然如日月经天,如江河行地,如春夏秋冬之四时轮转,如百花齐放之生生不息,传承至今天，仍是"野火烧不尽，春风吹又生"，仍是"大漠孤烟直，长河落日圆"，仍是"国色朝酣酒，天香夜染衣"，仍是"大雪压青松，青松挺且直"……

　　记不清是公元13世纪还是之后的哪个日子，这一天，白鹭洲上发生了躁动，成百上千只白鹭在天空鸣叫、翱翔，相互传递着南归大雁捎来的一个重要信息：历史给予它们的"江万里院长"一个极高评价——"古今完人，风范楷模"。"完人"，还是"古今完人"，这是对人物评价的"天花板"了。作为仕林领袖，首先要求的就是人品，包括境界、胸怀、志向、操守、慎独，以及正直、善良、仁慈、助人、诚实、宽容、谦逊、守信、勤奋、好学、自律、克制等所有美德；作为政治家，他还一定要具备"居庙堂之高则忧其民，处江湖之远则忧其君"的襟抱，一定要身体力行做到"先天下之忧而忧，后天下之乐而乐"的高标。两宋历319年，出现了范仲淹、王安石等杰出政治家，出现了包拯、寇准等大名鼎鼎的清官，出现了苏轼、欧阳修等大文豪，出现了岳飞、文天祥等铮铮铁骨的英雄……而被称为"古今完人"的，唯江万里一人。只可惜，江万里率17位家人从容赴死后，也许是江氏一族就此衰亡了，后世历朝对他的宣传很不着力，他的声名和事迹渐渐湮没在白鹭洲的烟波里。对此，最耿耿于怀的就是洲里的白鹭们，鸟通人心，一代代白鹭们年深日久地、激情不减地鸣叫着"完人，完人……"，向着寥廓江天，向着经典的白鹭洲书院，一圈又一圈地盘旋、冲刺、翻飞。我看见了，它们一时摆出一行白鹭上青天的美景，一时又是万点梅花漫天开的风情。

　　白鹭洲，一个多么美丽的名字。无需任何藻饰，仅仅这三个字，就已把我们带进了这幅群鸟腾飞、洲肥水亮的画卷。

　　白鹭洲书院，它的神圣的光芒，今天还在吗？

　　当然了，还在洲中屿的袅袅烟波上，还在吉州窑的熊熊炉火上，还在渼陂古村的艳艳红蕖上；还在欧阳修、文天祥纪念馆里，还在杨万里诗画小镇里，还在青原山王阳明书院里；还在东固革命根据地，还在井冈山革命博物馆，还在北山烈士陵园；还在540万吉安民众的心头……

它也永远还在我——一个21世纪晚学的心尖上。

我心目中的文坛大树

——李国文老师周年祭

今天是个悲伤的日子，去年（2022年）11月24日凌晨，国文老师遽然离开了我们。他老人家走得太急了，连个招呼也没打，不知他是急着去天堂创办《小说选刊》，还是赶着去写《天堂里的春天》？就在此前四天的11月20日傍晚，我还和国文老师通了电话。老人家声若洪钟，情绪极好，用他惯有的幽默问我："最近有什么乐子吗？"聊了差不多半小时，他一直乐呵呵的，中间只有一句令人有点心酸："小蕙，我的腿不行了，走不了路了。"我赶紧安慰他，说他思维如此敏捷，依然是"打遍天下无敌手"，他听了哈哈大笑，笑声中充满着乐观。

其实，何须我这个"丫头"（国文老师喜欢这样称呼我等几位"小友"）晚辈安慰他？睿智的国文老师虽然很不"聪明"，因此前半生的苦难是着着实实地受了，差点儿就死在贵州的大山里；后半生尽管著作等身，可谓新时期文学的扛鼎作家之一，也不高调不喧哗，只悉心埋头写作，但世事洞明的他什么看不透？什么浮云还能诱惑得了他？什么鬼魅还能骗得过他？什么艰难困苦的关隘还能挡得住他？……

高天苍苍，大地茫茫，国文老师是有大境界之人——他写作，是因为有一支文学火炬在他胸中熊熊燃烧，乃至于在贵州劳改期间，他还冒着惹下大祸的危险，偷偷蹲在茅草摇曳的牛棚里写作。奇葩的是，他居然执拗地借了别人的姓名、身份去投稿,奇葩的是,就这样竟然发表了数篇小说。国文老师对文学的神圣感可浓缩成四个字:"高山仰止"。有一次话赶话,他随口跟我说起某位作家:"他哪能算得上作家呀,顶多是能写几篇文章。"我很惊讶,原来国文老师心目中的"作家"竟然是这么高端的存在,当时说得我都惭愧了,暗忖要时时诫勉自己,千万别忘记了文学在高处,在喜马拉雅,在珠穆朗玛,在头顶的青天之上。

殊不知,文学之路有多艰难!珠穆朗玛不是每个人都能攀上去的,上青天更是难得连李白都要喊"噫吁嚱"。尝见有青年作家说他们写得很容易,大概是他们比李白还李白。而据我所知,国文老师为创作下的功夫,非常人可比。本来他的起点就高,有着中国当代作家中少有的文学专业背景,他是早年毕业于南京国立戏剧专科学校编剧系的高材生。劳改时无书可读,他便将手边唯一的一本《红楼梦》倒背如流。1973年回到北京,"问题"一时无结论,"赋闲"在家、正值不惑之年的国文老师便天天跟着妻子刘阿姨去上班——其实是去刘阿姨工作的铁道部某图书馆苦读。人生中经历的种种困厄,一点儿也没有浇灭他胸中的文学之火,反而是火上浇油,越烧越旺,后来索性变成石头缝儿里的种子,拼命地汲取大地上所有的营养,暗中积蓄着力量。就这样,三个年头鏖战过去了,国文老师在通读《二十四史》等国粹经典后,迎来了对他的平反昭雪。于是,他又一次出发,如蛟龙出水,赛凤凰涅槃,久蓄在他胸中的熊熊烈火喷薄而出,《车到分水岭》《空谷幽兰》《月食》《危楼记事》《没意思的故事》《花园街五号》……一部接一部佳作和大作相继发表,新时期文坛上巍然站起了李国文!在获得一连串文学奖项之后,顺理成章地,长篇小说《冬天里的春天》折桂首届茅盾文学奖。

文学之火熊熊冲天,国文老师成了"获奖专业户",真正是拿奖拿到手软,刘阿姨都发愁了,那么多奖杯奖牌没地方摆了啊。然而谁也没想到,此时国文老师竟放下小说创作,专攻起随笔,并迎来了他平生的第三次苦读——以 1992 年的散文《卖书记》为滥觞，他谢绝一切应酬，每天窝在只有 6 平方米的、蚂蚁窝般的电脑房里工作，11 点早餐后开始写文章，至 16 点午餐，然后进入读书状态，22 点晚餐后再读，时常读到凌晨两三点……从此，他的随笔创作如大河奔流，《中国人的教训》《中国文人的非正常死亡》《李国文说唐》《李国文说〈三国演义〉》《李国文楼外说红楼》……每篇文章都体现出渊博的学养、深刻的识见和卓然独绝的风骨，让无数追随者击节叹服，一时出现了看的都跟不上他写的奇迹，也造就了洛阳纸贵的"李国文随笔现象"。

自 1982 年我入职光明日报社，国文老师就渐渐成为本报副刊的支柱作家，每当缺头条了，我第一个求助的就是国文老师，他老人家每次都义不容辞地担起"救火队长"的责任。数十年的交往，让我越来越尊敬和爱戴这位师长。国文老师仿佛五月的槐树，挂满一嘟噜一嘟噜的小花，不喧不哗地把甜甜的馨香浸润到每一位路人的心上。

我曾说国文老师是"五好作家"，即"学识好，见识好，心态好，用功好，夫人好"，而最让我心灵受到强烈震撼的，还是他高贵的心灵。他虽然写文章老辣犀利，对人间丑恶毫不客气地大力挞伐，但对人慈心善语，真诚相待。他对年轻人尤其好，永远以平等的目光相视，他说这是因为自己青年时期受过不公正待遇，深知那种痛苦对年轻人的伤害之深。即使对有严重毛病的人，国文老师也是首先看其优点，平心静气地予以理解和宽容。他曾极为恳切地对我说："小蕙，这世上就没有完人啊，咱们自己不也是满身毛病？"他是这么教导我的，他自己也是这么做的，仁爱，宽容，温暖，真正是从内心深处给人向上的力量，所以国文老师的人缘特别好，怀念他的人太多了。

今年 8 月 24 日，是国文老师 93 岁诞辰日，人民文学出版社为他举办了"李国文先生追思会"，梁晓声、周大新、桂晓风、聂震宁、贺绍俊、李敬泽、臧永清等作家、出版人和有关领导，每个人都谈到他们与国文老师的"特殊"关系:梁晓声、李敬泽念念在兹的,是国文老师对他们成长路上给予的种种教诲和点拨;桂晓风、聂震宁饱含深情,讲起国文老师对他们全家,包括老伴、儿女、孙儿女三代人的关爱;周大新未言语先哽咽,说起国文老师对他妻子调北京的事始终耿耿在心。我呢,讲起国文老师有一次对我的批评。当我对这不满对那抱怨,嫌社会进步太慢,嫌人性太丑陋之时国文老师突然猛"击"了我一掌:"小蕙,在我看来,现在已经相当不错了,比起过去,社会已经有了很大的进步哇。"这一声"棒喝",让我完全没有想到,我就像遭到了电击,愣在那里,好久动弹不得;但随之而来的是巨大的惊喜,因为这提醒是多么宝贵,一下子让我眼前变得开阔了,我似乎跳到了云层之上,欣赏到西岭的千秋雪,追上了东吴的万里船——最重要的是,让我想起了久已忘怀的文学初心……

例子还有很多很多,比如国文老师的睿智坦诚。那是1999年《当代》杂志举办的颁奖会上,当轮到他发表获奖感言时,他说,在今天的文学大餐上,获奖的中青年作家是油焖大虾、清蒸鳜鱼等高档菜,而他自己不过是凑数的小菜——凉拌花生米。又比如国文老师的"秋收冬藏"。70岁以后他命令自己退出"闹市",回避镜头,以一杯清茶为伴,闭门读书,信笔涂鸦,这种状态一直持续了二十年,于是,中国当代文学史上增添了数十部李国文著作。还比如国文老师的豁达乐观。有一天我随口说了一句:"哪天您高兴,咱们去吃大餐。"谁知国文老师接口就说:"我哪天都高兴啊……"哈,多么可爱的老爷子,真正是阅尽人间春色而不失本色,活成了老神仙,谁人不爱戴,能不作为铁粉追随之?

坎坷而不失文学初心,困顿而不坠青云之志。居京都之高则溺其写作,处贵州之远则沉醉书卷。陷污泥中摸爬滚打而不染纤尘,在荣誉高光中被万众追捧而持节自律。宅心仁厚将内心的阳光洒向能够给予的所有人,宇量深广包容提携后来者"胸中元自有丘壑"。君子风范,不虚伪、不虚妄、不粉饰、不假装、不阴暗、不弄权、不嫉妒、不霸道、不挡道、不害人、不使绊儿；无欲则刚，牢牢守住了"死生穷达，不易其操""高风亮节，博爱众生"的底线——国文老师，我心目中的文坛大树！

一年生死两茫茫，不思量，自难忘。国文老师，这三百六十五天里，您在天堂都好吧？

永远缅怀您。

怀念，也是不能忘记的

——张洁魂兮归来

不知为什么今夏的雨水这么多，天雷滚滚，老是让我想起天堂里的张洁，她重新开启的新生活，各方面都好极了吧？转眼间她已离去半年多了，但我仍纠结在（2022年）2月7日一大早，惊悉她已在美国病逝的那一瞬间，当时只觉得眼前一黑，周围电闪雷鸣，泪飞顿作倾盆雨！就在那一周前的春节前夕，我还给她发了电邮，却一直未收到回复。我心中隐隐有所不安，因为以前每次发电邮过去，都是很快就能收到她的回信。上次通电邮是在2021年"十一"，我发去节日问候，她马上就回了一封短信，全文如下：

小蕙，接到你的信真高兴，已经很久没有你的消息。接到你的信后，知道你一切都好，放心了。

我还好，就是太老了，走路都摇摇晃晃了。

不过女儿已经把我接到他们家来了，全家对我都很关爱。女婿还经常给我做饭吃，孙子、孙女也都照顾我，可惜他们都工作了，不经常回来。想想上帝还是公平的，我一辈子受苦受难，却给了我这样一个安逸的晚年。

你要多多保重，世界变得如此麻烦啊！

辑四　温情黄

想念！

张洁

唉，我非常后悔没重视其中的一句话——"我还好，就是太老了，走路都摇摇晃晃了。"当时我不以为意，还对她说："你哪里老了，人家马识途马老107岁了，还在写书，你比他年轻太多啦！"现在我才明白，张洁当时已经是重病在身了，但一辈子生性要强的她，绝口不跟人提起自己生病。张洁就是这样的人，她看似外表柔弱，其实内心刚强无比，承受力堪比钢铁！

我跟张洁认识于1986年，那是她以长篇小说《沉重的翅膀》获得第二届茅盾文学奖不久，我任职的单位光明日报社派我采访她，从而有了36年的亲密交往史。在她的病房里、家里，在画展上、会场上……点点滴滴，一幕一幕，全都浮现眼前，我亲爱的老师——生前，张洁不允许我这样称呼她；她也不喜欢过于腻腻歪歪的"姐姐妹妹"之类，只让我直呼她的名字——竟然就这样离开了我们，离开了这个世界，像一个美丽的精灵，回到了她的森林深处！

最让我的心刀剜一样痛楚的是她的去国。曾经，在北京和平门市文联的红顶楼，张洁把她的家布置得多么温馨且有艺术气质，钢琴上摆满了她获得的各种最重要的奖牌。张洁从不炫耀她的成就，以至于只有很少人知道早在1989年，她就获得了意大利马拉帕蒂国际文学奖，这个奖一年只授予一位作家，博尔赫斯、索尔·贝娄等都是其得主。后来张洁又获得了意大利骑士勋章，以及德国、奥地利、荷兰等多国文学奖。1992年，张洁当选为美国文学艺术院荣誉院士，这是至高的荣誉，因为这院士全世界只有75人，不增加名额，去世一人才增补一人，获此殊荣的中国作家只有她和巴金。张洁是我国第一位获得长篇、中篇、短篇小说三项国家奖的作家，也是唯一一位两度获茅盾文学奖的作家，真正的巾帼强过须眉呵。

张洁当然很珍惜这些荣誉，但她最看重的，还是自己的作品。我亲眼看见她用写诗歌和散文的方式写长篇小说，也就是说，一句话、一个字、一个标点符号地"炼"，再三再四地修改。《沉重的翅膀》大改了4次，以至于累得心脏病住了院；《无字》写了12年，12个春花秋月夏暑寒冬！两度获茅盾文学奖以后，她也并未放下笔，为了又一个长篇，她竟不顾年事已高，浑身病痛，只身去了远隔千山万水的秘鲁，到古老部落里寻觅人类文明的源头与真相，这是冒了生命危险的，行前她非常清楚，自己也许回不来了，但她还是义无反顾地上了路……

张洁实在是太优秀了，白纸黑字，为我们留下了那么多文学珍宝，够我们的孩子、孙子、子子孙孙阅读与研读。她是中华民族走到当代的一个不可多得的女作家，其灼灼的艺术光芒永不会熄灭——每念及此，我心痛，喘不上气来，我坚信她的骨灰终有一天会回到故里，不然老天爷也会看不下去的。

前面说过，张洁就是不许我们喊她"老师"，只准直呼"张洁"，并结结实实地砌了一堵墙，挡住我们的任何"反抗"。这曾经在很长一段时间里，给我造成了相当的不适应，你说，北京人是多么讲究长幼尊卑礼节的群体，从小在这种氛围里长大的我，怎么也做不到直呼"张洁"呀。但在她的本真、不装、不自我感觉良好、不毫无理由地傲视别人的一派纯粹面前，我，还有几位女作家闺蜜，都被这堵墙撞得头破血流。我们只好从命，大家一起互相努着劲儿，喊出她的名字。以后，随着情感的递进，最后竟也渐渐变得行云流水般自然和流畅了。

张洁的文学水平在中国当代作家中处于最前端，这是大家都公认的，她的作品也受到广大读者的高度评价，至今，《无字》《方舟》《森林里来的孩子》《爱，是不能忘记的》《拣麦穗》等作品，依然活在读者心中。张洁在文学的标准上对自己的要求是极高的，我曾感叹她用写散文的态度写长篇小说，几十万字、几百万字，都是一个字、一个标点符号反复地锤炼，120万字的《无字》前前后后不知改了多少遍，写了12年！她写给我们《光明日报》副刊的稿子也是这样的，每篇来稿都是经典，几乎一个字、一个标点符号都不用改。她对文学真是呕心沥血，给所有作家和文学写作者立起了一个标杆，更是我自己终生学习的榜样！

　　还有一点，我个人最推崇和要学习张洁的，还是她对推动社会进步的责任感。张洁始终是站在新时期文学潮头的作家，这一代作家对这片土地爱得无比深沉，经历了十年浩劫的大破坏之后，内心都明镜高悬，希望用自己的笔把国家变得更好。所以，他们都有着非常强烈的文学执念，他们的作品不沉溺于风花雪月，不汲汲于个人名利场，而是始终关注着国家的发展和社会文明力量的生长。张洁虽然是女性作家，但可堪称是他们当中的杰出代表。

　　怀念，也是不能忘记的。

　　张洁，魂兮归来！